KB072698

이자령 & 진예

성운을 먹는 자

성운을 먹는 자 23

김재한 퓨전 판타지 소설

초판 1쇄 찍은 날 § 2017년 2월 10일
초판 1쇄 펴낸 날 § 2017년 2월 17일

지은이 § 김재한
펴낸이 § 서경석

편집책임 § 이창진
디자인 § 신현아

펴낸곳 § 도서출판 청어람
등록번호 § 제387-1999-000006호
등록일자 § 1999. 5. 31
어람번호 § 제1-2627호

주소 § 경기도 부천시 부일로 483번길 40 서경B/D 3F (우) 14640
전화 § 032-656-4452 팩스 § 032-656-4453
http://www.chungeoram.com
E-mail § chungeorambook@daum.net

ISBN 979-11-04-91199-6 04810
ISBN 979-11-04-90287-1 (세트)

FUSION FANTASTIC STORY

김재한 퓨전 판타지 소설

성운을 먹는 자

눈보라

23

청
어
람

목차

제147장
돌파

성운을 먹는 자

1

　형운과 서하령, 가려, 진예, 서금척 다섯 명은 날이 밝자마자 설산을 둘러싼 눈보라 결계에 돌입했다.

　돌입 전, 진예가 서금척의 모습을 보며 의아해했다.

　"사형, 옷을 그렇게 두껍게 껴입어야 해요?"

　마을에서는 설신의 거울인데도 얇은 백야문도복만 입고 있던 서금척이 출발 전에 마을 사람들에게 얻은 털가죽 옷을 두껍게 껴입었기 때문이다.

　서금척이 고개를 절레절레 저었다.

　"너도 입어두는 게 좋아. 저 안은 보통이 아니다. 아마 어지간한 영수나 요괴들도 얼음기둥으로 변해 버릴걸."

　이미 몇 번이나 돌파를 시도했던 서금척의 말은 설득력이 있어서 진예도 익숙지 않은 털가죽 옷을 입을 수밖에 없었다.

그리고 실제로 진입해 보자 그의 말을 듣길 잘했다는 생각이 들었다.

결계 안쪽은 눈보라라기보다는 눈폭풍이라는 말이 어울렸다. 가만히 서 있다가는 하늘로 날아가 버릴 듯한 광풍이 미친 듯이 휘몰아쳤고 거의 우박에 가까운 눈송이들이 몸을 두들겨 댔다.

보통 사람은 여기에 들어오는 순간 눈송이에 두들겨 맞아서 얼음기둥으로 화한 뒤 눈 속에 파묻혀서 흔적도 찾을 수 없게 될 것이다. 빙백무극신공 수련자인 진예조차도 살을 에는 추위를 느끼고 움츠러들 정도였다.

"으으, 엄청나네……."

서하령이 이를 딱딱 부딪쳤다. 별의 수호자 개발부가 비용을 아끼지 않고 만든 특제 방한 장비를 입었는데도 뼛속까지 한기가 침투하고 있었다.

아무리 고수들이라고 해도 눈조차 제대로 뜰 수 없는 상황이었다. 과연 서금척이 홀로 돌파를 시도했다가 사경을 헤맬 만도 했다.

그러나…….

"영역을 확보할 수는 있는데 힘을 확장하기는 어렵겠어. 저항이 상당한데? 마치 물속에서 움직이는 기분이야."

형운이 빙백기심의 능력을 펼치자 순식간에 압박이 줄어들었다.

얼음여우를 만들어서 조금씩 능력이 미치는 권역을 확장해 가던 형운은 네 마리의 얼음여우를 만들고서야 일행 모두가 눈폭풍에서 자유로울 정도의 공간을 확보할 수 있었다.

하지만 형운도 권역을 확장하기가 쉽지 않았다. 성하의 권능이 결계를 장악하고 있기 때문이었다.

"맙소사. 진짜로 빙백무극지경에 올랐군요."

서금척이 경악했다. 백야문의 고위층인 그는 당연히 형운에 대해서 알고 있었지만 빙백무극지경에 이른 힘을 실제로 체감해 본 적은 없었다.

'아무리 빙령이 주시하는 인물이라지만 외부인이 어찌…….'

평생 동안 빙백무극지경을 꿈꾸며 빙백설야공을 수련해 온 서금척 입장에서는 허탈할 지경이었다.

형운은 자신을 향한 그의 감정을 느꼈다. 그러나 모르는 척 해 주는 것 말고는 달리 해줄 수 있는 일이 없었다.

'장난 아닌데? 이런 저항력은 처음이다.'

이토록 능력을 활성화하기가 힘들다니, 이곳이 성하의 배 속이라고 해도 믿을 수 있을 것 같았다.

형운이 물었다.

"혹시 지형을 알아보실 수 있겠습니까?"

"시야가 확보되질 않아서 모르겠습니다. 게다가 길이 보이질 않으니……."

설산 토박이인 서금척이었지만 지금은 도저히 길을 찾을 수 없었다. 형운을 중심으로 반경 3장(약 9미터) 정도의 공간이 확보되기는 했지만 그 너머는 한 치 앞도 알아볼 수 없는 상태였기 때문이다. 게다가 이렇게 쏟아진 눈으로 사방이 파묻혀서 그가 기억하고 있는 지형은 흔적도 안 남아 있었다.

"그럼 제 방법대로 하는 수밖에 없군요."

"무슨 방법입니까?"

"말씀드리기는 좀 어렵습니다만, 일단 방향 정도는 알 것 같습니다. 지형을 알 수 없으니 발밑을 주의하면서 가죠."

"저도 힘을 보탤게요."

"아닙니다. 진 소저는 일단 힘을 아끼세요. 필요한 때를 위해 내공을 온존하는 편이 낫습니다."

형운은 일월성신의 능력으로 이 거대한 결계를 구성하는 기의 흐름을 보면서 길을 찾았다. 느릿느릿하지만 확실하게 길을 잡고 나아간다.

그런데 문득 묘한 감각이 느껴졌다.

'왜 그런 번거로운 방법을 써?'

누군가 그렇게 속삭이는 것 같았다.

형운은 계속해서 나아가는 한편 눈을 감고 내면의 소리에 집중했다.

두근. 두근. 두근.

빙백기심의 고동이 그에게 무언가를 전달하려고 하고 있었다.

설산에 대한 그리움과 반가움, 친숙함, 성하를 향한 공포와 불안…….

감정의 파편을 하나하나 분리하면서 그 진의를 이해하려고 노력해 본다. 그것은 빙령과 대화했던 경험과 비슷했다. 언어로 전달되지 않는 것을 언어화해서 이해하는 것.

'아.'

숙고 끝에 형운은 그 뜻을 이해할 수 있었다.

그것은 발견이었다.

자신에게 아직도 몰랐던 가능성이 있음을, 자신의 내면에 존재하는 또 다른 의지가 그것을 가르쳐 주고 싶어 함을 알았다. 형운은 미소 지으며 눈을 떴다. 그리고…….

성하와 눈이 마주쳤다.

2

접촉은 짧았다. 성하는 형운이 신안(神眼)을 가졌음을 파악하자 곧바로 천리안을 거두었으니까.

휘이이이이……!

세상에서 동떨어진 듯한 정적이 멀어지면서 대신 광포한 바람 소리가 가까워져 온다.

일순간 눈앞의 현실이 아니라 멀리 떨어져 있는 성하를 보던 형운의 의식이 다시 제자리로 돌아왔다.

"으음……!"

형운이 침음하자 서금척이 물었다.

"무슨 일입니까? 성하가 말을 걸어온 겁니까?"

"예."

"왜 대협에게……."

서금척은 당황했다. 성하가 결계에 침입한 자신들을 발견한 것까지는 이해가 간다. 하지만 왜 형운에게만 접촉해서 대화를 나누었단 말인가?

형운은 속으로 쓴웃음을 지었지만 자신의 능력에 대해서는 설명하지 않았다. 그의 속내를 읽은 서하령이 얼른 끼어들었다.

"뭐 좀 알아냈어?"

"…진짜 말도 안 되는 괴물이야."

형운의 표정이 잔뜩 굳어 있었다.

워낙 접촉이 짧아서 형운도 성하도 서로를 제대로 보지 못했다. 그러나 성하가 형운이 신안을 가졌음을 확신한 계기, 그저 시각적으로 보는 것을 넘어서 그의 내면을 들여다보려고 했던 얕은 접촉만으로도 형운은 많은 것을 알 수 있었다.

구체적인 것은 알 수 없고 대략적인 인상뿐이다. 그러나 그것만으로도 분명한 것이 하나 있었다.

"천두산의 대요괴들 이상이야."

성하의 요력이 터무니없이 크다는 것이다. 마치 지상에서 높이를 알 수 없는 거대한 산을 올려다보는 듯한 아득함이 느껴졌다.

천두산에는 대요괴들이 여럿 있으며 그중에는 천 년 이상 살아온 존재도 있었다. 성하가 신화적인 존재라면 그들 역시 신화적인 존재다.

그들과 싸워보기까지 했던 형운은 그들을 기준으로 성하의 힘을 가늠해 볼 수 있었다.

"천두산의 대요괴들 중에 가장 강력했던 놈과 비교해도 압도적인 차이가 있어. 단순히 힘의 크기만으로 논한다면 흑영신교와 광세천교의 대마수들도 상대가 안 돼."

서하령의 표정이 심각해졌다. 그녀는 대요괴를 직접 본 적이 없다. 대영수와 대마수를 본 경험으로 추측할 수 있을 따름이지만 그것만으로도 성하가 얼마나 강대한 존재인지 충분히 감이 왔다.

"백야문의 전승에 과장은 없었다는 거네."

"아마도."

"역시 이해가 안 가. 그럼 500년 전에는 초대 백야문주가 초인이라 이겼다 쳐도 지금보다 무공 수준이 뒤떨어졌던 200년 전에는 대체 어떻게 잡은 걸까? 요괴들까지 연합했다고는 해도 뭔가 석연치 않은데……."

서하령이 눈살을 찌푸렸다. 자신의 생각을 이야기하려던 형운이 갑자기 고개를 홱 돌렸다.

"적이야!"

그리고 고개를 향한 방향으로 다짜고짜 유성혼 한 발을 갈겼다.

꽈아아앙!

돌파 15

온통 새하얀 눈폭풍을 관통한 유성혼이 가까운 지점에서 폭발했다.

그 폭발로 인해 순간적으로 순백의 장막이 걷히면서 적들의 모습이 보였다. 하얀 털과 회색 털의 늑대인간 요괴들이었다.

"크아악! 이놈들! 감히 이…… 랑아…… 하느……!"

휘이이이이이!

격노한 늑대인간 요괴의 말은 끝까지 들리지 않았다. 금세 눈폭풍이 빈 공간을 메꾸면서 소리를 집어삼켰기 때문이다.

서금척이 신음했다.

"저놈들은 우리 모습을 볼 수 있는 건가?"

이 결계를 돌파하는 동안 적이 나타난 것은 처음이다. 하지만 형운이 성하고 천리안을 통해 대화를 나누었으니 이런 일이 일어나도 이상하지 않았다.

서하령이 고개를 끄덕였다.

"최소한 위치는 알 수 있을 거고 시야의 제약도 없을지도 몰라요. 이 결계는 성하가 아군으로 선택한 자들에게 유리함을 제공하는 것 같군요."

수백 리를 감싸는 어마어마한 규모의 결계를 50일 가까이 유지한 것만으로도 이미 신화적인 위업이다. 그런데 기환진으로서도 탁월하다니, 적으로 규정된 입장에서는 환장할 노릇이었다.

"적의 수는 열다섯. 늑대인간이 일곱, 뿔이 난 늑대가 여덟입니다. 늑대인간 중에 하나는 고위 요괴군요. 그놈이 우두머리로 보입니다."

"공자님과 접촉한 지 얼마 되지도 않았는데, 움직임이 상당히 빠르군요. 일단 가까이 있던 놈들이 온 것이고 시간이 지나면 추가 병력이 올 가능성이 높습니다."

가려가 냉정하게 의견을 말했다.

형운이 고개를 끄덕였다.

"우리를 발견했으니 성하가 직접 와도 이상하지 않을 거예요. 최대한 빨리 처리하고 백야문으로 가죠."

일행은 빠르게 전투태세를 갖췄다. 자연스럽게 다섯 명이 등을 맞대고 각각 다른 방향에 대응하는 진형을 이루었다.

크르르릉!

눈폭풍을 뚫고 덩치가 송아지만 한 회백색 털의 늑대가 머리로 들이받을 기세로 뛰어들었다. 늑대치고는 기묘한 자세였지만 그럴 만한 이유가 있었다. 머리에 칼날처럼 길고 뾰족한 뿔이 나 있어서 그것으로 표적을 꿰뚫으려고 한 것이다.

파악!

그러나 모습을 드러내는 순간 진예가 전광석화 같은 검격으로 그 목을 베어버렸다.

진예의 검에는 극음지기가 어려 있어서 베는 순간 상처가 얼어 터지면서 삐죽삐죽한 얼음이 솟아났다. 체내로도 자라난 그 얼음이 뼈와 장기를 부숴서 강인한 생명력을 자랑하는 늑대 요괴도 버틸 수 없었다.

"…전혀 기척을 알 수가 없었어요."

수월하게 한 마리를 처치했는데도 진예는 바짝 긴장했다.

형운이 형성한 영역, 반경 3장(약 9미터)을 넘어오기 전까지는 전혀 적의 존재를 눈치챌 수 없었다. 모습도, 소리도, 기척도 철저하게 감춰져 있었던 것이다.

놀라운 은신 효과였다. 형운이 영역을 확보하지 않았다면 위험할 수도 있었다.

서하령이 전음으로 물었다.

─형운, 너는 보여?

─보여. 근데 기감으로 아는 건 아냐.

─그럼?

─저쪽에서 나를 봐서 아는 거야.

형운조차도 장막 너머의 기운을 파악할 수 없었다. 기를 시각화해서 보는 일월성신의 눈으로도 적들의 기를 포착하지 못했다. 만약 형운이 포착했다면 서하령의 천라무진경 역시 포착했을 것이다.

그러나 형운의 눈은 단순히 기를 시각화해서 보는 것에 그치는 것이 아니다. 상대가 자신을 본다면 자신도 상대를 본다. 그 특성으로 적의 위치와 기운을 파악할 수 있었다.

"놈들의 경계심이 높아진 모양이군."

형운이 적들의 움직임에 주의를 기울이며 말했다.

늑대는 무리 지어 사냥하는 짐승이다. 늑대인간 요괴와 뿔 달린 늑대 요괴 역시 그런 성향은 똑같았다.

인간을 향한 공격성이 높은 그들이지만 목숨을 저울질할 때는 냉정하다. 사냥으로 삶을 영위하는 맹수의 습성이란 그렇게 영리한 것이다.

접근하기도 전에 형운에게 파악당해 공격을 받은 것, 그리고 기습적으로 뛰어들어 간 한 마리가 당한 것으로 좀 더 주의 깊어졌다. 주변을 빙빙 돌면서 점점 요기를 높여간다.

"일단 좀 흔들어놓겠습니다."

형운은 이미 무수한 실전을 겪어온 몸이다. 적들의 전력을 파악하는 순간 머릿속으로 견적을 내고 있었다.

파파파파파파!

형운이 유성혼을 난사하기 시작했다. 허공에다 대고 주먹을 내지르자 그로부터 쏘아져 나간 유성혼들이 전면으로, 그리고 그쪽에 배치된 얼음여우들에 의해 방향이 꺾여서 사방팔방으로 날아간다.

콰앙! 콰과과과광!

장막 너머에서 연이어 폭발이 일어나면서 시야가 트이기 시작했다.

"크으윽, 인간이 감히……!"

우두머리로 보이는 늑대인간은 다른 늑대인간보다 훨씬 덩치가 컸다. 키가 1장(약 3미터)에 달하니 거의 거인과 같은 덩치다.

'일곱 발이나 집중했는데도 선 채로 버티다니, 이 결계 짜증나는군.'

아무래도 은신 효과만이 아니라 그들의 힘을 증폭시켜 주는 역할도 하는 것 같다.

하지만 다른 놈들은 그처럼 튼튼하지는 못했다. 늑대 요괴 둘은 죽었고 나머지도 크고 작은 부상을 입었다. 멀쩡한 놈은 셋뿐이었다.

아우우우우우!

일행이 움직이는 것과 동시에 우두머리 늑대인간이 포효했다. 눈보라를 뚫고 울려 퍼지는 포효에는 강력한 요기가 실려 있었다. 요괴들의 몸이 하얗게 불타오르더니 그로부터 불꽃으로 이루어진 분신체가 나타나기 시작한다.

쾅!

그러나 전광석화처럼 뛰어든 형운이 우두머리 늑대인간을 걷어차서 날려 버렸다.

'반응이 빠르다.'

운화를 쓰지는 않았지만 힘을 발하는 순간을 노리고 뛰어들었는데 제대로 방어해 냈다. 주변이 쩌렁쩌렁 울릴 정도의 위력이었는데도 방어한 팔이 부러지지 않았다.

"크억……!"

하지만 완전히 막은 것은 아니었다. 방어를 관통한 충격이 내장을 뒤흔들었다.

'인간 따위가 나보다 힘이 세단 말인가?'

백야문과 싸워본 경험이 있으니 무공을 연마한 인간이 강력하다는 사실은 아주 잘 알고 있다. 하지만 그가 체험한 무인의 무서움은 어디까지나 신체와 기공을 다루는 기술적인 영역이다.

그런데 지금은 순수하게 맨손 타격 그 자체에 압도당한 것이다. 우두머리 늑대인간으로서는 생전 처음 겪는 사태였다.

재차 접근하는 형운에게 우두머리 늑대인간이 발톱을 휘둘렀다. 기다란 발톱이 새하얀 불꽃을 휘감은 채로 날아들었지만……

투학!

형운은 간단하게 몸을 숙여 피하면서 품으로 파고들었다. 그리고 우두머리 늑대인간이 다음 공격을 시작하는 순간 명치에 일권을 때려 넣는다.

주춤하는 우두머리 늑대인간에게 결정타를 넣는 순간이었다.

후우우우우!

우두머리 늑대인간의 몸이 하얀 불꽃으로 화하면서 형운의 주먹을 통과시켰다.

"캬아아악!"

고위 요괴다운 능력이었다. 우반신을 하얀 불꽃으로 바꿔서 결정타를 회피한 우두머리 늑대인간이 좌반신으로 공격을 가해왔다.

실로 전광석화 같은 반응 속도다. 이번에는 형운이 허를 찔린 것처럼 보였다.

팍!

그러나 형운은 전혀 당황하지 않고 격공의 기로 그의 팔을 쳐서 공격을 어긋나게 하고는 짧고 빠른 연타로 그의 몸통을 두들겼다.

투타타타타타!

고위 요괴라 무시무시하게 튼튼하다. 경기공에 특화된 고수라도 이 정도는 아닐 것이다. 어지간한 중상도 빠르게 회복해 버리는 재생력이 뒤따르기에 가능한 일이지만…….

"인간, 따위가……!"

상대가 나빴다. 형운은 자잘한 연타로 몸통을 부숴놓고는 송곳 같은 옆차기로 끝장을 냈다.

고위 요괴의 생명력은 경이로운 수준이며, 자신의 특성이 극대화되는 상황이라면 더더욱 무섭다. 그러나 몸통뼈가 바스러져서 날아가는데 쫓아 들어가서 머리통을 부수고는 기공파 연타로 몸을 산산조각 냈으니 살아날 재간이 없다.

'그래도 무리의 우두머리쯤 되는 요괴는 얕볼 수 없군.'

고위 요괴라 불릴 만한 놈이기는 했지만 또 그렇게까지 수준이 높은 것은 아니다. 고위 요괴라고 불릴 기준에 겨우 걸쳐 있는 정도?

그런데도 결계의 가호를 등에 업고 덤비니 제법 애를 먹었다. 신체 능력이 탁월하고 추위에 전혀 영향받지 않는 형운이니 망정이지 서하령이나 가려였다면 훨씬 많은 시간을 잡아먹었을 것이다. 그 정도로 일반적인 무인과는 상성이 나쁜 상대였다.

형운이 우두머리 요괴를 끝장냈을 때는 이미 일행들이 나머지 요괴들을 거의 정리한 후였다. 형운도 합류해서 남은 놈들을 몰살시키고는 다시 이동하기 시작했다.

"젠장. 얼마나 몰려드는 거지?"

하지만 얼마 가지도 못하고 다시 멈춰 서야 했다. 눈보라 저편에서 또 다른 요괴 무리들이 접근해 왔기 때문이다.

3

성하의 여덟 수족 중에 하나, 혈빙검은 검요(劍妖)였다.

검요는 사연 있는 검에 사념이 깃들어 발생한 요괴를 말한다. 그러나 그녀의 경우는 좀 달랐다. 봉인에서 깨어난 성하가 설산의 협곡 깊숙한 곳에 버려져 있던 그녀를 발견하고 요괴로 만든 것이다.

지금의 여덟 수족 중 넷은 그런 식으로 '만들어진 요괴'다. 그러나 나머지 넷은 오래전부터 설산에서 살아온 요괴들이다.

그래서 만들어진 요괴 넷과 그렇지 않은 요괴 넷 사이에는 극단적인 연령 차가 존재했다. 만들어진 요괴 넷은 발생한 지 채 1년도 되지 않은 반면 다른 넷은 적게는 수십 년에서 많게는 수백 년 이상을 살아온 것이다.

겉모습으로 보면 혈빙검은 인간과 대단히 흡사하다. 피부에 혈색이라고는 존재하지 않고 은은한 청백색을 띠었을 뿐이며 허리에는 검까지 차고 있었다.

"이 시체들을 보니 인간들이 완전 일방적으로 학살한 모양인데? 대단한 인간들이네?"

새초롬한 인상의 그녀는 털이 새하얀 여우인간 요괴와 함께 형운 일행이 첫 번째 전투를 치른 지점에 와 있었다. 눈동자가 얼음을 가공해서 박아 넣은 것처럼 보이는 여우인간 요괴 역시 성하의 여덟 수족 중에 하나인 백안이었다.

"일곱 무리가 움직였는데 아직도 못 잡았다고 하니 보통이 아니겠지."

"흐응. 백야문도들도 있댔지?"

혈빙검이 혀로 입술을 핥았다. 이목구비만 보면 절로 눈길이 갈 정도로 아름다웠으며, 표정에는 마치 유혹하는 듯한 요사스러움이 있었다.

본질이 백야문도의 검인 그녀는 백야문에 강한 집착을 갖고 있었다. 백야문도를 보면 일부러 판을 깔아줘 가면서 그 무공을 보고 싶어 했고, 상대의 역량을 남김없이 본 후에 그 영육을 먹어치우는 것을 가장 선호했다.

그것은 인간에게는 요괴의 사악한 유희로 보일 것이다. 그러나 혈빙검에게는 유희가 아니라 본질로부터 비롯된 숙원이었다.

"내가 한번 싸워보면 안 될까? 다른 놈들 사이에 껴서 간만 보는 수준으로……."

"당연히 안 된다. 명령을 잊지 마라. 어차피 그 영육은 왕에게 바쳐야 하니 너한테는 의미가 없지."

"칫. 백야문도가 한 명이 아니라며? 그럼 그 별의 아이 빼고는 먹어도 되는 거 아니야?"

"검후한테 그렇게 당해놓고도 아직도 자신감이 넘치나?"

"아, 그건 140년이나 지나 버려서 어쩔 수 없었어. 그동안 백야문의 무공 수준이 엄청 높아졌더라구. 그 세월의 간극을 메꾸려면 아무래도……."

"나한테 그런 말을 해봤자 소용없지. 일이나 하자."

"하여튼 무식한 놈이랑은 이야기가 안 통해."

"인간의 무공 말고 머릿속에 든 게 있긴 하신가? 삶을 얻은 지 얼마 되지도 않은 주제에."

두 요괴는 비아냥거림을 주고받으면서 흔적을 살폈다.

그들이 이 자리에 온 것은 여덟 수족 중에 첫째인 설경의 명을 수행하기 위해서다. 여덟 수족이라고 묶어서 부르지만 가장 강력한 두 명과 나머지 여섯 명은 명확한 상하 관계를 이루고 있었다.

'너희의 일은 그 인간들의 전투 흔적으로부터 최대한 많은 정보를 얻어내는 것이다.'

성하는 형운의 신안을 경계했다. 그래서 자신만이 아니라 여덟 수족들에게도 그들을 직접 관측하는 것을 피하라는 지시를 내렸다.

형운을 파악하려고 시도하다가 아군의 약점이 밝혀지면 곤란해지기 때문이다. 무릇 모든 요괴는 극단적으로 자신의 본질에 특화된 존재이기 때문에 아무리 강하다고 해도 찌를 수 있는 약점이 있게 마련이었다.

혈빙검과 백안은 그저 흔적만으로도 상대에 대한 정보를 수집할 수 있는 능력자들이었다.

혈빙검은 인간의 무공이 남긴 파괴 흔적을 보는 것만으로도 거기에 각인된 사념의 파편을 모아서 전투 장면을 뇌리에서 재생할 수 있었다.

백안은 얼음과 눈으로부터 사념을 모아 그 자리에서 있던 일을 뇌 내에서 재구성할 수 있었다.

이 둘의 능력을 하나로 합쳐서 교차 검증 하면 직접 전투를 실시간으로 관찰한 것과 다름없는 정보를 얻을 수 있다. 그렇기에 설경은 이들에게 인간들에 대해서 파악할 것을 주문한 것이다.

"괴물이군……."

백안이 신음했다.

두 요괴의 작업은 오래 걸리지 않았다. 그들은 첫 번째 전투가 벌어진 곳에서 일을 마치고 두 번째 전투가 벌어진 곳으로 이동했다. 첫 번째 전투 지점을 조사하기 전까지만 해도 여유가 넘쳤던 그들은 두 번째 전투 지점을 조사하고 나서는 완전히 표정이 달라져 있었다.

그런데 혈빙검은 좀 이상했다. 그녀는 백안처럼 굳은 표정을 짓고 있는 게 아니라 흥분하고 있었다.

"싸우고 싶다……."

진예와 서금척이 싸우는 모습을 머릿속에서 재현해 본 그녀는 숨결이 거칠어져 있었다.

혈빙검이 본 백야문도들 중에서도 최상급이다. 그들과 싸운다면 그녀의 공허를 충만함이 대신할 것이다.

상상하는 것만으로도 신이 나고 이들의 영육을 취할 것을 상상하면 입가에 침이 고였다. 투쟁욕과 식욕이 걷잡을 수 없이 끓어오른다.

그것이 혈빙검이라는 요괴의 본질이며 영혼에 각인된 숙원이었다.

"혈빙검."

그런 그녀의 상태를 알아차린 백안이 근엄하게 말했다.

퍼뜩 정신을 차린 혈빙검이 토라진 표정으로 투덜거렸다.

"알았어, 알았어. 잔소리쟁이."

"알긴 뭘 알아. 백야문도들밖에 눈에 안 보이나 본데, 혹시라도 들이댔다가는 같이 있는 인간들한테 죽는다."

"음……."

그 말에는 혈빙검도 수긍할 수밖에 없었다.

백야문도 둘도 출중하지만 나머지 셋도 괴물 같았다. 이 결계는 그들에게 절대적으로 불리한 환경을 만들어내는데도 요괴들이 상처 하나 내지 못하고 있었다.

고위 요괴들은 그나마 선전했지만 그뿐이다. 그럭저럭 교전 시간을 길게 끌고 가거나 다섯 명 중 하나를 붙잡아놓는 정도일 뿐, 전투 내용상으로는 압도당하다가 박살 나고 말았다.

성하의 여덟 수족은 지금 형운 일행에게 박살 난 요괴들보다 훨씬 강력하다. 하지만 백안은 자신이 그들에게 이길 수 있다는 생각이 들지 않았다.

'왕께서 의식에 묶여 있는 동안에는 주의해야겠군.'

하필이면 성하는 며칠 전부터 중대한 의식을 치르고 있었다. 별의 아이를 붙잡으러 갔던 여덟 수족들이 실패하자 차선책을 강구하기 시작했는데, 설마 이토록 위협적인 인간들이 이렇게 공교로운 시기에 등장할 줄이야.

'그동안 이 말괄량이를 제어해야 한다니… 왜 내게 이런 시련이.'

백안은 객관적인 전력 따위는 상관없이 투쟁욕에 몸부림치는 혈빙검을 보며 혀를 찼다. 이래서 힘만 센 어린 요괴 따위는 질색이었다.

4

형운 일행은 연이어 격전을 치르면서 전진했다.

최대한 적과의 조우를 피하면서 도주해 보려고 했지만 어림도 없었다. 결계의 힘 때문에 위치가 실시간으로 추적당하고 있는 데다 이동속도도 크게 제약당했기 때문이다.

크나큰 수적 열세에도 불구하고 일행은 압도적인 전투 능력으로 매번 적들을 찍어 눌렀다. 하지만 그럼에도 거듭 격전을 치르자 지치는 것은 어쩔 수 없었다.

서금척이 이를 갈았다.

"이 저주받을 놈들!"

그가 분노하는 이유는 마을을 발견했기 때문이다.

백야문에서 가장 가까워서 교류가 활발한 마을이었다. 형운도 이전에 백야문에 왔을 때 매번 들렀던 마을이기도 하다. 이곳에서 백야문까지 갈 때마다 제설 작업으로 고생했던 것도 다 추억으로 남아 있었다.

그 마을은 눈에 파묻혀 있었다. 일행은 이곳을 발견하자마자 민가를 뒤졌다. 하지만 민가는 눈에 파묻히기 전에 이미 주인을 잃은 채였다.

온전한 시신은 하나도 없었다. 전부 요괴들이 먹다 버린 끔찍한 모습으로 얼어붙어서 보존되어 있었다.

일행은 다들 분노로 몸을 떨었다. 요괴들을 향한 분노가 맹렬하게 끓어올랐다.

"가자. 이제 얼마 안 남았어."

서하령이 말했다. 그러자 진예가 놀라서 그녀를 돌아보았다. 어떻게 그럴 수가 있느냐는 표정이었다.

하지만 서하령은 냉정했다.

"기분은 이해하지만 시신을 수습할 여유가 없어. 그들의 넋을 위로하는 것은 이 상황을 해결한 후에 할 일이야."

"하지만… 아니, 아냐. 네 말이 맞아."

울컥했던 진예는 곧 머리를 식혔다. 서하령의 말대로였다. 철저하게 불리한 상황에서 쫓기고 있는데 시신들을 수습하는 인간다운 사치를 부릴 수 없었다.

'성하, 용서 못 해……!'

눈물이 날 것만 같았다.

백야문에서 가장 가까운 마을이었기에 진예는 이 마을 사람들 모두의 얼굴과 이름을 알았다. 백야문도 중에서도 이들의 혈육인 자가 열네 명이나 되었다.

그런 만큼 그녀가 느끼는 울분은 헤아릴 수 없을 정도로 깊었다.

애써 눈물을 참으며 옆을 본 그녀는 흠칫했다.

진예가 아는 서금척은 다정다감한 사람이다. 힘든 상황에서도 습관처럼 푸근한 미소를 짓고는 했다.

그런데 지금 서금척의 얼굴은 돌처럼 무표정했다. 기파도 잠잠해서 언뜻 보면 그가 분노하지 않고 완전히 무심한 것처럼 보였다.

하지만 진예는 그의 내면에서 더없는 분노를 느꼈다. 마치 설산의 만년설만큼이나 차갑고 단단해서 밖으로 표출되지 않는, 그러나 결코 퇴색하지 않는 감정이었다.

문득 그가 형운을 보며 말했다.

"대협이 있어서 정말로 다행입니다. 대협이 방향을 잡지 않았다면 여기까지 올 수 없었겠지요."

그 목소리에도 아무런 열기가 없었다. 이 상황에서는 기괴하게까지 들려서 형운도 움찔했다.

계속 요괴들에게 쫓기면서도 형운은 방향을 제대로 잡고 있었다.

하지만 따라가는 입장에서는 불안할 수밖에 없다. 한 치 앞도 제대로 볼 수 없는 어둠 속에서 형운이라는 등불만을 의지하는 것이나 마찬가지니까.

이 눈폭풍 결계는 정말 지독했다.

기환진의 성향을 띠고 있긴 하지만 다행히 공간까지 꼬여 있지는 않았다. 하지만 시야가 극단적으로 제약되고 기감도 차단당하기에 고수라고 할지라도 방향감각을 잃을 수밖에 없었다. 심지어 기물로 주변을 탐지하거나 방향을 잡는 것조차 차단당하고 있었다.

이런 상황에서 사람을 통째로 얼려서 날려 버릴 것 같은 눈폭풍이 사방팔방으로 풍향을 바꿔가며 몰아치는 것이다. 방향감각은커녕 무작정 한 방향으로 나아가는 것조차도 불가능하다. 몇 걸음 나아가고 나면 처음 가려던 방향과는 틀어진 다른 방향으로 가고 있을 테니까.

'적어도 빙령은 무사하다.'

하지만 형운은 이 결계 속에서 자신에게 내재된 또 다른 능력을 깨달았다.

바로 빙령과의 교감이었다. 굳이 결계를 구성하는 기의 흐름을 파악할 필요 없이 백야문의 비처에 있는 빙령의 존재를 느끼고 그곳을 향해 나아가기만 하면 된다.

그리고 그게 가능하다는 것은 적어도 빙령이 백야문의 비처에 그대로 있다는 것이다.

문득 형운이 고개를 돌렸다.

"또 온다."

"지긋지긋하네. 온 설산의 요괴가 다 몰려오는 거 아냐?"

서하령이 투덜거렸다.

형운은 그 이면에 감춰진 불안감을 읽었다. 아마 모두 비슷한 생각을 하고 있을 것이다.

'과연 백야문은 무사할까?'

백야문에서 가장 가까이 있는 마을이 몰살당했다. 이것은 백야문이 손쓸 시간조차 없이 벌어진 일인가, 아니면……

일행 모두 필사적으로 그 의문에서 고개를 돌리고 있었다. 어차피 이제 곧 그 답을 알게 될 테니까.

"목적지가 코앞이니 더 지체할 필요 없습니다. 힘을 아끼지 말고 단번에 돌파합시다."

형운은 요괴들이 가까워지는 것을 느끼며 밖으로 나갔다.

일행이 운신할 수 있는 영역을 확보해 주던 얼음여우들이 하나둘씩 수를 늘려간다. 빙백기심의 힘이 주변을 잠식하면서 결계를 밀어내기 시작했다.

3장, 6장, 9장, 15장, 20장……

얼음여우가 20마리에 달하고 영역이 30장(약 90미터)을 넘었을 때 그 안으로 뛰어든 요괴들은 당황했다. 이미 이 결계의 성질을 알고 있었던 그들은 지척으로 접근할 때까지 형운 일행이 자신들을 발견하지 못하리라 확신하고 있었던 것이다.

그리고 당황한 그들을 향해 형운이 쌍장을 뻗었다.

—광풍노격(狂風怒擊)!

형운의 기공파 중에서도 최대 규모의 파괴력을 자랑하는 기술이 노도와 같은 기세로 요괴들을 집어삼켰다.

콰콰콰콰콰……!

눈보라를 뚫고 푸른 섬광이 폭발한다.

단 일격으로 30마리의 요괴들 중 절반이 죽어버렸다. 그들을 이끌고 온 우두머리 요괴는 당황했다.

'이놈들 대체 정체가 뭐냐? 백야문 놈들의 무공이 아닌데……!'

형운이 힘을 발하는 순간, 부하들을 방패로 던지면서 뒤로 빠졌기에 살았다. 직격당했다면 그도 즉사했을 것이다.

하지만 운명은 이미 결정되어 있었다.

파악!

'어?'

폭연이 가시기도 전에 뭔가 그의 목을 베고 지나갔다.

경악한 그가 자신을 벤 자를 바라보았지만 시야의 끄트머리에 검은 옷자락이 살짝 걸렸을 뿐이다. 실체를 붙잡을 수 없었다.

쾅!

그리고 잠시 한눈파는 순간 폭연을 뚫고 돌진해 온 형운의 주먹이 그의 머리통을 날려 버렸다.

5

영혼을 지닌 존재는 모두 꿈을 꾼다.

인간도, 영수도, 마수도, 요괴도, 말 못하는 짐승이나 식물조차도 꿈으로부터 자유롭지 못하다.

대영수 청륜은 꿈을 꾸고 있었다.

현실처럼 생생한 꿈이었다. 자각몽이 아니기에 이 순간의 청륜은 모른다. 하지만 깨고 나면 깨달을 것이다. 그것이 가까운 과거에 경험한 기억의 재생임을.

꿈속에서 그는 인간의 모습을 하고 있었다. 형운이 보았다면 자연스럽게 마곡정을 떠올렸을 것이다. 머리는 백발이고 체격은 근육이 별로 없어서 날씬했지만 전체적인 생김새는 상당히 닮아 있었다.

청륜은 꽤 오랫동안 인간의 모습으로 둔갑하지 않았다. 인간 여성과 사랑에 빠졌을 때 그녀가 좋아하는 모습을 만들었고, 그녀가 죽은 후로는 청안설표의 모습으로만 살았다.

그런데 굳이 인간의 모습을 취한 이유는 간단했다.

─인간의 모습이 아닌 자를 거절한다.

그를 가로막은 결계가 그런 규칙을 강요하고 있었기 때문이다.

이상한 조건이지만 술법 중에는 그런 것들이 많았다. 그 조건만 충족시키면 어처구니없을 정도로 쉽게 파훼할 수 있지만 그렇지 않으면 투자된 자원 대비 어마어마한 효과를 보이는 것들이.

게다가 그 결계를 만든 자가 대마수 월성이라면 말할 것도 없다. 대마수 월성은 단순히 영격이 높을 뿐만 아니라 설산에서도 손꼽힐 정도로 술법에 통달한 자였다.

"월성."

꿈속에서 청륜은 결계 한복판에 웅크리고 있는 존재를 보았다.

오랫동안 월성은 설산의 억지력으로 기능하고 있었다. 그의 존재감은 그만큼 커서, 그가 쇠약해져 가고 있음을 아는 존재들조차도 함부로 굴지 못했다.

그런 거대한 존재감에 비해 월성의 실체는 작았다. 어린아이라도 안아 올릴 수 있을 법한 아담한 체구의 설산여우였다. 영격이 상승하면서 설표라는 종이 타고난 한계를 넘어 집채만큼이나 거대하게 성장한 청륜과 달리 월성은 오래전, 영수로 각성한 순간부터 시간이 얼어붙은 것처럼 자라지 않았다.

월성의 작은 몸에서는 여러 가지 향취가 났다.

긴 세월 속에서 지쳐 버린 영혼의 향취가, 상처 입고 쇠락한 짐승의 향취가, 그리고… 점점 짙어져 가는 죽음의 향취가.

월성이 눈을 떴다. 밤하늘빛을 띤 두 눈동자 사이, 미간에는 달빛처럼 은은한 빛을 발하는 기이한 상처가 나 있었고 그 사이로 얼음이 뿔처럼 돋아나 있었다.

"그 모습은 오랜만이군."

월성의 목소리는 어린 소년의 그것이었다. 그러나 거기에는 삶에 찌들어 죽음만을 기다리는 황혼의 분위기가 묻어나서 기묘한 느낌을 주었다.

"좋은 시절이었지."

문득 월성이 눈을 지그시 감으며 말했다.

뜬금없는 말이었지만 청륜은 그 말뜻을 알아들었다. 청륜이 청안설표보다 인간의 모습으로 살아가는 시간이 더 길었던 그때는 정말 좋은 시절이었다.

'아니, 정말 그랬던가?'

분명 청륜에게는 좋은 기억만 남아 있는 시절이다. 하지만 월성에게도 그랬는지는 모르겠다.

아주 오래전부터 월성은 이미 불씨가 다 타버리고 남은 재 같았다. 청륜이 기억하는 그의 삶은 수백 년 동안이나 계속된 고행이었다. 그 고행 속에 과연 좋은 시절이라는 게 존재했을까?

물론 있긴 있었을 것이다. 청륜에게도 아득하게 느껴지는 옛날, 초대 백야문주가 살아 있던 시절만큼은…….

청륜이 물었다.

"무슨 일로 부르셨소?"

월성이 누군가를 부르는 일은 흔치 않다. 청륜이 그를 마지막으로 본 것은 20년 전이었다.

"유언을 들어줬으면 해서."

"뭐라고?"

"당장 죽는다는 소리는 아니다. 단순히 수명을 가늠해 보면 꽤 남았지. 하지만 죽음이 언제 찾아올지는 알 수 없다. 예상치 못한 일이 일어나서 아무것도 못 하고 죽을 수도 있으니까, 생각났을 때 대비해 두고자 함이다."

"……."

할 말을 생각하는 청륜에게 월성이 웃었다. 지친 웃음이었다.

"내가 죽으면 너는 그 사실을 알게 될 것이다. 내 몸뚱이는 설산의 눈과 얼음에 묻히게 두어라. 때를 기다릴 테니까."

"무슨 때를 기다린다는 것이오?"

"생명의 불씨조차 꺼져 버린 이 늙은 육신이 필요할 때를. 너도 알겠지. 내가 죽으면 또 한 번 그분이 눈을 뜰 거야. 예전의 일이 다시 한 번 되풀이되겠지."

월성은 성하의 봉인을 덮는 뚜껑 역할을 하고 있다. 그가 죽는다고 해서 봉인이 바로 깨지지는 않지만, 시간이 지나면 결국 성하는 다시금 눈을 뜨리라.

"그때까지 그저 영육을 탐하는 자들이 접근하지 못하게 조치하도록 해라."

"왜 그렇게까지 하는 것이오? 속죄인가?"

성하의 치세에서 월성은 공포의 마수였다. 그에게 짓밟혀 먹힌 자의 수는 일일이 헤아릴 수도 없을 정도였다.

그러던 그는 성하를 배신하면서 돌변했다. 자신에게 적개심을 보이는 자에게 자비심을 베풀 줄 아는, 자신을 두려워하고 미워하는 이들조차도 지켜주는 자가 되었다.

"그저 백야에게 진 빚을 갚고자 할 뿐이다."

"무슨 빚 말이오?"

"세상 모든 것을 부수고 죽일 것으로만 보았던 나의 무지를 일깨워 준 빚이다."

월성은 그리 말하며 눈을 감았다. 먼 옛날의 일을 회상하듯이.

"나는 예전부터 네가 정말로……."

청륜은 그의 말을 끝까지 듣지 못했다.

꿈이 끝나고 의식이 현실로 돌아왔다.

6

"…음."

청륜은 푸른 눈동자로 주변을 살폈다. 백야문에서 내준 처소였다.

그만이 아니라 수십의 일족들이 머무르고 있었다. 다들 깊이 잠들어서 숨소리조차 잘 들리지 않았다.

백야문은 동맹인 그와 청안설표 일족들에게 잘 대접해 주고 싶었지만 그러기에는 그들의 사정이 너무 열악했다. 성하의 결계에 간힌 지도 벌써 50일이 다 되어가는 상황이다 보니 이제는 비축해 둔 식량도 거의 다 떨어져 간다.

이런 상황에서 피신해 왔으니 해줄 수 있는 게 거의 없다. 청륜도, 일족들도 그 사실을 잘 알았다.

'이대로 말라 죽을 수밖에 없는가.'

제대로 먹지 못한 백야문도들은 비쩍 말라가고 있었다.

그동안 몇몇 백야문도가 목숨을 걸고 식량을 구하기 위해서 밖으로 나갔지만 성과가 없었다.

성하의 결계는 외부와 설산을 차단할 뿐, 설산 깊숙한 곳으로 향하는 곳은 막고 있지 않다. 하지만 그것은 일부러 열어둔 구멍이다. 나갈 수 있는 방향이 한정되어 있다 보니 나가기만 하면 성하와 여덟 수족에게 들켜서 습격받는다.

설산의 주민들이 만약을 대비해 식량을 비축해 두는 것을 당연시하지 않았다면, 그리고 백야문의 비처에 빙령이 없었다면 벌써 굶어 죽었을 것이다. 빙령이 주는 영약의 힘이 그들의 인간성을 지켜주고 있었다.

하지만 그것도 한계가 있다. 빙령이 내주는 영약은 양이 한정되어 있는 상황인데 먹어야 할 입이 많아지기까지 했으니 그럴 수밖에.

그래서 청안설표 일족들은 다들 청륜의 술법에 의해 잠을 잤다. 활동해야 할 이유가 생기지 않는다면 반쯤 가사 상태에 빠짐으로써 먹어야 하는 부담을 줄이기로 한 것이다.

지금 청륜이 깨어난 것은 그의 본능이 그래야만 하는 이유를 발견했기 때문이다.

'그랬군.'

자신이 깨어난 이유를 깨달은 그는 인간의 모습으로 둔갑해서 처소를 빠져나갔다. 그리고 아까 전까지만 해도 결계 안에 존재하지 않았던, 즉 외부에서 온 것이 분명한 기척을 향해 걸었다.

백야문도들이 한곳에 모여 있었다. 한참 전부터 피로와 절망만이 보였던 그들의 얼굴에는 오랜만에 기쁨이 가득했다.

"자네들이 왔었군."

백야문도들에게 둘러싸여 환영받고 있는 것은 형운 일행이었다.

그들은 청륜을 발견하고 눈을 휘둥그레 떴다. 머리칼이 백발이긴 하지만 마곡정과 쏙 빼닮은 얼굴이었으니까.

"청륜 어르신, 오랜만에 뵙습니다."

일월성신의 능력으로 일찌감치 청륜의 존재를 알고 있던 형운은 금세 놀람을 감추고 인사했다.

"쉽게 알아보는군. 내 모습이 곡정이와 많이 닮았는가?"

"형제라고 해도 믿을 것 같습니다."

"그렇군. 혹시 곡정이는……."

청륜은 일행 중에 마곡정이 없다는 사실에 의아해했다. 형운이 쓴웃음을 지었다.dddddd

"저희뿐입니다."

"그런가."

청륜은 복잡한 감정을 느꼈다. 마곡정이 오지 않았다는 사실에 대한 실망, 그리고 오지 않아서 다행이라는 안도감.

"진예야, 금척아!"

그때 억센 인상의 중년 여성이 일행에게로 다가왔다.

진예와 서금척이 반가움을 드러냈다.

"대사형!"

그녀는 이자령의 대제자 이연주였다. 빠른 걸음으로 다가온 그녀가 진예를 와락 끌어안았다.

"살아서 돌아왔구나. 둘 다 장하다."

이연주는 부쩍 여위어 있었다. 그녀만이 아니라 백야문도들은 다들 뼈만 앙상해 보일 정도였다. 그만큼 식량 사정이 최악이라는 의미이리라.

형운의 표정이 심각해졌다.

여행용으로 비상식량을 챙겨 오기는 했다. 일반적인 건량만이 아니라 별의 수호자에서 개발한 식용 비약들도 다수 포함되어 있었지만 이런 상황이면 진짜 누구 코에 붙이나 싶은 수준밖에 안 된다.

진예가 말했다.

"대사형, 나머지 이야기는 사부님께 인사를 드린 후에……."

"지금은 안 된다."

"네?"

"사부님께서는 중요한 의식을 치르시는 중이라 아무도 뵐 수 없단다."

"그게 무슨……."

당황한 진예에게 이연주가 전음으로 속삭였다.

─조사(祖師)님의 유산을 계승하는 의식을 치르시는 중이시다.

─조사님의 유산? 그런 게 있었어요?

진예가 놀라서 물었다.

어릴 적에는 재능은 있지만 철없는 아이 취급 받았던 그녀는 장성하면서 누구도 부정할 수 없는 백야문의 기둥 중 하나가 되었다. 이자령도 그녀를 믿고 중임을 맡길 정도였기에 훗날 대제자인 이연주가 은퇴한다면 나이 차가 많이 나는 진예가 그 뒤를 이어 백야문주가 되리라고 예상하는 사람들도 많았다.

그런 만큼 진예는 백야문의 비밀이라 불리는 것들은 모두 알고 있다고 생각했다. 하지만 조사의 유산이라는 것은 금시초문이다.

이연주가 쓴웃음을 지었다.

─나도 이번에야 알았단다. 본래는 오직 문주에게만 전해지는 비밀이라는구나.

왜 그녀가 굳이 전음으로 말했는지 알 수 있었다.

진예가 납득한 기색이자 이연주는 다시 육성으로 말했다. 모두에게 희망을 주는 말이었다.

"사부님께서 의식을 치르시고 나면 활로가 열릴 거다. 그때까지만 버티면 돼."

그것은 백야문도들의 믿음이자 희망의 동아줄이었다.

제148장
신화의 그림자

성운을 먹는 자

1

성하의 기억이 시작된 것은 설산이 설산의 주민들의 것이 아닌 시대였다.

이무기는 때로는 영수로 불리고 때로는 요괴로 불리는 존재다. 그 이유는 간단하다. 영수 이무기가 있는가 하면 성하처럼 요괴 이무기도 있기 때문이다.

중요한 것은 본질이 무엇이냐. 이무기는 언젠가 용이 될 가능성을 내포한 존재지만 거기까지 가는 길은 하나가 아닌 것이다.

성하에게는 부모가 없다. 부모가 누군지 모른다는 뜻이 아니라 정말로 존재하지 않는다는 뜻이다.

부모 없이 삶을 얻은 자.

인간의 기준으로 보면 말이 안 되는 것 같지만 요괴의 기준으로는 말이 된다. 기본적으로 요괴는 부정한 의념과 뒤틀린 기운이 모여서 '발생하는' 존재니까.

성하는 허구의 존재였다. 영혼과 자아를 가졌으면서도 존엄하지 못한 자들의 간절한 기원과 망상에 의해 존재를 얻었다.

당시 세상에는 신화적인 존재들이 즐비했다. 수틀리면 천재지변을 일으키고 산과 강을 없애 버릴 수 있는 자들이 수도 없이 많아서 분쟁이 끊이지 않았다.

설산은 그런 자들에게 침탈당했다.

오래전에는 설산에도 그런 존재들이 있었다. 그러나 그들은 공멸하거나 하늘에 오를 자격을 얻어 현계를 떠났고, 그 자리를 채울 새로운 존재가 나타나기 전에 외부의 존재들이 침탈을 시작했다.

설산은 외부의 침략자들에게 힘을 공급하는 보급기지가 되어 쥐어짜 내졌다.

빙령 역시 예외가 아니었다. 당시에 존재하던 빙령들은 모두 주인이 있었다.

빙령은 설산의 의지 그 자체이며, 이곳에서 살아가는 자들을 축복하는 존재다. 이토록 혹독한 환경에서 수많은 생명이 나고 자랄 수 있는 것은 빙령 덕분이다.

그런데 그때 존재하던 빙령들은 모조리 강대한 존재들의 사리사욕을 채우는 도구로 악용되고 있었다.

빙령은 그 사실을 고통스러워했다. 그러나 신적인 권능을 지닌 자들에게서 빙령을 지켜줄 만한 이가 없었다.

그럴 만한 힘이 있는 자들은 빙령의 가치를 알았고, 그 가치를 제대로 활용할 수 있었다. 그들은 빙령을 이용해서 신적인 권능을 휘둘러 댔다.

설산은 고통과 비명으로 얼룩져 있었다. 현재와 미래를 약탈당하는 그들은 자신들을 위한 신화를 꿈꾸었다.

'바라옵건대 우리를 구원해 줄 왕이 돌아오기를.'

천 년을 넘게 쌓인 기원 속에서 성하가 발생했다.

그녀는 아득히 오래전, 설산을 통치한 왕이었으나 결국은 현계를 떠나 하늘에 오른 이무기의 재현이었다. 그 이무기는 구전(口傳)으로 전해지면서 설산의 주민들이 그리워하고 희망하는 상상 속의 존재가 되었던 것이다.

따라서 성하는 발생하는 순간부터 스스로가 구원자이자 통치자임을 알았다.

그녀가 타고난 공허는 설산을 설산의 주민들에게 돌려주는 사명을 이루는 순간 채워질 것이었다.

삶의 목적을 알며, 그것을 이루기를 욕망하니 주저할 이유는 없었다. 그녀는 전쟁을 시작했다.

성하는 고독한 싸움을 각오하고 있었다. 자신은 인간으로 치면 갓난아기나 다름없었으며, 스스로를 증명하지 못한 존재를 믿고 따를 자는 아무도 없었으니까.

그러나 그녀가 전쟁을 시작하자마자 절망과 두려움을 떨치고 그녀의 편에 선 자들이 있었다.

오직 여덟 명.

빙령의 인도에 따라서 성하의 편에 선 그들은 최초의 여덟 수족이었다. 이후 오랜 세월이 흐르는 동안에도 성하는 늘 여덟 수족만을 자신의 권능을 받아 활동하는 대행자로 두었다.

2

부모 없이 삶을 얻은 자.

과거 없이도 과거의 지식을 가진 자.

그럼에도 성하는 자신의 뿌리가 어딘지 알고 있었다. 자신의 모든 것이 비롯된 곳에 대해서, 자신이 이루어야 할 일에 대해서 한순간도 무지하지 않았다.

'나는 당신을 지키겠습니다. 그리하여 이 설산의 존재들에게 미래를 주겠습니다.'

천 년 동안이나 쌓인 기원이 그녀를 이루었다.

그러나 그것만으로는 부족했다. 그저 의념의 군집만으로 그녀와 같은 존재가 발생하지는 않는다.

빙령의 축복이 그녀를 만들었다.

그렇기에 성하는 최초의 빙령지킴이가 되었다.

그녀의 전쟁은 잃어버린 영토를 수복하는 과정인 동시에 빙령을 해방하여 설산의 존재들에게 미래를 돌려주는 과정이기도 했다.

뜻을 이루기까지는 오랜 시간이 걸렸다. 천 년이 넘는 시간이……

마침내 성하가 뜻을 이루었을 때, 설산의 모습은 완전히 달라져 있었다. 그녀는 설산의 왕이었으며, 그녀에게 대적할 자는 아무도 남지 않았다.

그렇게 성하는 하늘에 오를 권리를 쟁취해 냈다.

성하는 설산의 신화였으며, 동시에 설산의 신화시대를 끝낸 존재였다.

신화의 흔적을 지닌 자는 있어도 신화 그 자체인 존재는 모두 그녀에게 격파당해 사라졌고 이것은 현계의 존재가 이룰 수 있는 궁극의 위업이었다.

'하늘이여, 주신 권리를 내려놓겠습니다. 나는 현계에 남아 세세토록 설산을 수호할 것입니다.'

하늘에 오를 권리는 모든 존재들은 모두가 꿈꾸는 이상이었다.

현계의 운명을 초월하여 천상에 올라 섭리 그 자체가 된다. 그것은 현계에서 태어난 작은 존재로서의 끝이었으며, 운명을 초월한 거대한 존재로서의 시작이었다.

성하는 그 지고한 권리를 거부하고 설산에 남았다.

그녀는 한결같았다. 여전히 설산을 지켰으며, 설산을 외부의 위협으로부터 수호했다.

그러나 그녀가 변하지 않아도 세상은 변했다.

3

신화시대가 종언을 고하면서 설산 밖에서는 인간이 번성했다. 기심법과 술법, 연단술은 인류 전체의 역량을 향상시켰다. 인간의 영역은 점점 넓어졌고 숫자도 늘어났다.

시간이 흐르자 설산에도 인간이 들어와 살기 시작했다.

성하는 딱히 그들이 들어와 사는 것을 막지 않았다. 그녀는 기본적으로 관대한 왕이었다. 외부의 존재라도 그녀가 정한 율법만 지키면 설산의 주민이 될 수 있었다.

외부의 존재들이 유입되는 것 또한 궁극적으로는 설산의 존재들이 번성하는 데 도움이 된다는 사실을 알았기 때문이다.

하지만 그렇다고 해서 인간들에게 특별히 도움을 주지도 않았다.

빙령에 대한 탐욕을 드러내지 말 것.
설산의 그 어떤 종도 멸종시키지 말 것.

성하는 이 율법 말고는 설산의 존재들에게 강요하는 것이 없는 방임주의자였다.

설산의 질서를 만드는 것은 어디까지나 설산의 주민들이었다. 그리고 분쟁과 살육 그 자체가 금지된 것이 아닌 이상 힘이 강하고 세력이 큰 자들이 유리할 수밖에 없다.

설산에서 많은 피와 눈물이 흘러도 성하는 무덤덤했다. 그녀가 발생한 이후 단 한 번도 그렇지 않은 시대가 없었기에.

약육강식은 자연의 섭리였다. 언제나 누군가는 짓밟혔고, 누군가는 먹혔으며, 누군가는 울었다.

그녀는 설산의 수호자였지 그 안의 구성원 개체 하나하나를 공정하게 보호하는 존재가 아니었다.

인간들과 영수들이 기억하는 끔찍한 시대는 그렇게 만들어졌던 것이다.

그리고 또다시 많은 시간이 흘렀을 때…….

성하는 백야를 만났다.

4

"……."

성하는 천결봉 정상에서 눈을 떴다.

그녀를 중심으로 강대한 힘이 소용돌이치면서 의식이 진행되고 있었다. 천지를 경동시킬 정도로 어마어마한 힘이 꿈틀거린다.

의식이 진행되는 동안 그녀는 천결봉을 떠날 수 없다. 그러나 의식의 진행은 산비탈에서 눈덩이를 굴리는 것과도 비슷해서 한번 진행되기 시작하면 딱히 심력을 소모하지 않아도 되었다. 그저 이곳에서 힘의 중심이 되는 것이 중요할 따름이다.

이 의식이 끝나면 백야문의 결계는 더 이상 문제가 되지 않는다. 그들은 믿던 방벽이 구멍이 숭숭 뚫린 허름한 벽에 불과했다는 사실을 깨닫고 절망하게 될 것이다.

"백야……."

성하는 멍한 표정으로 하늘을 올려다보며 중얼거렸다.

백야의 이름을 읊조리는 목소리에는 슬픔이 있었다. 원망이 있었다. 분노가 있었다.

또한 그리움도 있었다.

그 이름의 주인이 선명하게 떠올랐다. 좋았던 시절도, 그렇지 못한 시절도 마치 방금 전의 일처럼 분명했다.

성하의 가슴속에서 온갖 감정이 격류가 되어 소용돌이쳤다.

구구구구구구……!

그 감정에 호응하듯 의식을 이루는 힘의 흐름이 더더욱 강해지면서 천결봉 전체를 뒤흔들기 시작했다.

"…끝낼 것이다."

성하는 마치 백야가 눈앞에 있는 것처럼 온갖 감정이 실린 눈으로 노려보며 말했다.

인간과 신의 거리감이 멀어지면서 신화시대가 종언을 고한 것에서 알 수 있듯 시간 앞에 영원한 것은 아무것도 없다.

감정도, 기억도 마찬가지다. 시간이 지나면 망각되게 마련이다.

　요괴도 마찬가지다. 그들의 기억도 불변하지 않았다.

　그러나 모든 것은 상대적이다. 인간에게 있어서 백 년은 평생보다도 긴 시간이며 천 년은 역사로도 제대로 전해질지 알 수 없는 신화의 영역이지만 만약 백 년 전을 어제처럼, 천 년 후를 얼마 후처럼 여기는 존재가 있다면 어떻겠는가?

　절망적일 정도로 시간 감각이 다르기에 망각의 개념조차도 변한다.

　인간 개개인에게 있어서 그런 존재가 살아가는 시간은 영원이나 다름없으며, 당시의 기록보다도 생생한 그들의 기억은 불변하는 것이나 마찬가지였다.

　"너를 희생양으로 만든 모든 것을 설산에서 지울 것이다."

　성하에게는 500년 전의 일이 바로 오늘 아침의 일처럼 선명했다.

5

　진예와 서금척은 이연주와 그간의 이야기를 나누었다.

　그리고 형운과 서하령, 가려는 백야문이 내준 숙소에서 청류와 마주하고 있었다.

　청류이 물었다.

　"혹시 곡정이는 이번 일을 모르고 있는가?"

　"실은 곡정이가 조직 내에서 무척이나 중요한 시기를 보내고 있는지라 버려두고 왔습니다."

"그랬군. 하지만 그 아이 성격에 사정을 알게 되면 따라오지 않겠나?"

청륜의 지적에 형운과 서하령이 서로를 보며 쓴웃음을 지었다.

아마도 그럴 것이다. 그들이 아는 마곡정이라면 따라오지 않을 리가 없다.

그래서 진예를 만난 시점에서 마곡정에게 거짓 소식을 전할 생각이었다. 백야문 쪽에서 연락을 받았는데 사태가 생각만큼 심각하진 않았다더라 하는 식으로.

하지만 사태는 예상한 것 이상으로 심각했다. 그리고 청륜의 손자인 마곡정이 성하에 대한 전승을 모를 리가 없다는 사실을 알게 되었다.

"그래서 못 오게 하는 건 그냥 포기했습니다."

형운 일행은 오는 동안 뒤쫓아 오는 마곡정에게 정보를 남겨주었다.

진예를 통해 알게 된 사실들, 그리고 자신들이 언제 어느 지점을 지났는지에 대한 것을.

"출발은 하루 차이였지만 도착 시점까지는 꽤 차이가 날 수밖에 없습니다. 저희가 좀 많이 빠르거든요."

총단을 떠나 설산에 도착하기까지의 경이로운 이동속도는 일행에 형운이 있기에 가능한 것이다. 마곡정도 예전에 비해 이동 능력이 향상되었지만 형운 일행과 비교할 수준이 못 된다. 게다가 이 한겨울에 언제든지 전투를 벌일 수 있는 체력을 온존하면서 이동해야 한다는 빡빡한 조건까지 붙어 있으니…….

사태가 촉박했기에 일행은 마곡정을 기다리지 않고 빠르게 달렸다.

마곡정도 일행의 선택을 이해할 것이다. 그렇지 않았다면 기환술 통신으로 그들의 예상 이동 지점에다 기다려 달라는 연락을 남겼으리라. 하운국 전역에 구축된 별의 수호자의 통신망을 활용할 수 있다면 충분히 가능하니까.

"문제는 결계인데… 거기에 대한 해결책은 이제부터 궁리해야겠습니다."

마곡정 혼자서는 도저히 성하의 눈폭풍 결계를 넘을 수 없다. 결계 자체는 어떻게 돌파한다 해도 요괴의 습격에 대응하는 것은 도저히 불가능했다.

"제가 곡정이의 도착을 알고 나가서 데리고 올 수 있다면 좋겠습니다만……."

하지만 현실성이 없는 이야기였다. 결계가 설산 안팎을 완전히 차단했기에 마곡정이 도착해도 이쪽에서 알 방법이 없고 마곡정 역시 안쪽의 상황을 알 수가 없다.

형운이 나가는 것도 힘들다. 나가면 무조건 들킨다.

'올 때 상대한 요괴들 정도면 어떻게든 되겠지만 성하 본인이 오거나 여덟 수족이 몽땅 몰려오기라도 한다면…….'

그럼 형운도 대책이 없다.

고개를 절레절레 저은 형운이 물었다.

"지금 가장 심각한 문제는 식량 사정 같군요."

"그렇다네. 다들 굶주려 있지."

청륜은 백야문도들만이 아니라 청안설표 일족을 비롯한 우호 세력들이 이곳에 신세 지고 있음을 말해주었다. 다들 성하와 여덟 수족에게 습격당해서 터전을 잃고 쫓겨 온 처지였다.

"사실 중간에 도움의 손길이 없었다면 지금까지 버티지도 못했을 걸세."

"도움의 손길이라고요?"

"혼마가 우리를 도와주고 있네."

목숨을 걸고 식량을 구하기 위해 나갔던 백야문도들은 성하를 만나 꼼짝없이 죽을 뻔했다. 홀연히 나타난 한서우가 그들을 구해주지 않았다면 그랬을 것이다.

백야문도들의 목숨을 구해줬으면서도 한서우는 백야문에 합류하지 않았다.

어려운 상황에서 그가 해준 일을 생각하면 평소 그에게 가감 없는 적의를 보이는 이자령조차도 그를 받아들였을 것이다. 그러나 그는 그러는 대신 설산을 돌아다니면서 사냥으로 먹을거리를 구해다 주었다.

"많은 양은 아니었지만 지금 상황을 생각하면 감지덕지지. 이 은혜는 나중에 어떤 식으로든 갚을 생각일세."

지금의 설산에서 성하와 여덟 수족의 눈을 피해서 사냥을 계속하고 있다는 것 자체가 기적적인 일이니 당연했다.

청륜의 설명을 들은 형운이 굳은 표정으로 생각에 잠겼다.

'식량 사정이 해결되지 않는 한 백야문도들은 전력으로 기대할 수 없겠어.'

이연주를 봤을 때 형운은 두 번 놀랐다.

첫 번째 놀람은 그녀가 심상경의 고수가 되었다는 점 때문이었다. 분명 몇 년 전에 마지막으로 봤을 때는 아직 그 이전에 머물고 있었는데 그동안 심상경의 문턱을 밟는 데 성공한 것이다.

두 번째 놀람은 그녀의 몸 상태 때문이었다. 아무리 봐도 싸울 수 있는 상태가 아니었다. 신체가 약해진 것은 물론이고 내공도 고갈되어 있었다. 오랫동안 굶주린 데다가 중간에 격렬한 전투를 치르면서 기력을 소진하기까지 했으니 어쩔 수 없었다.

'이렇게 되면 일을 오래 끌 수 없다.'

식량 사정에 영향을 받는 것은 자신들 역시 마찬가지다.

형운과 서하령, 가려와 진예와 서금척까지… 이제 막 도착한 그들의 전투력이 쇠하기 전에 결판을 내야 한다.

'문제는 검후께서 치르시는 의식이라는 게 무엇이냐로군.'

과연 그녀가 의식을 치름으로써 얻는 힘이 이 절망적인 상황을 반전시킬 수 있을 정도일까?

솔직히 회의적이다. 형운이 본 성하의 힘은 너무나도 무시무시했다.

'백야문의 전력이 건재한 상황에서 우리가 합류했다면 좋았을 텐데…….'

지금 백야문에 모인 전력은 어마어마하다.

빙백무극지경에 오른 이만 해도 형운과 이자령, 청륜까지 셋이다.

거기에 빙백무극신공을 연마하며 심상경에 이른 진예와 이연주도 있다.

그리고 빙공에는 조예가 없지만 심상경의 무인인 서하령과 가려, 그리고 현재 위치를 알 수 없지만 중요한 순간에는 반드시 합류하리라 기대할 수 있는 혼마 한서우까지 합치면 청해군도에서 암해의 신과 싸웠을 때 이상의 전력이 집결했다고 봐도 과언이 아니다.

하지만 지금은 상황이 안 좋다. 이연주의 상태를 보건대 이자령 역시 쇠약해진 상태일 것이다. 과연 이런 상태로 완벽하게 자신에게 유리한 전장을 구축한 성하를 쓰러뜨릴 수 있을까?

'게다가 여덟 수족도 있지.'

진예가 하나를 쓰러뜨렸다고 하니 일곱일 것이다. 최소한 고위 요괴 이상, 대요괴급이 몇몇 섞여 있는 일곱이 성하와 연계한다면…….

'설산이 이런 상황까지 몰린 것도 당연해.'

백야문이 궁지에 몰린 것은 물론이고 청안설표 일족처럼 그들에게 우호적이었던 세력들도 차례차례 박살 나는 중이다.

성하는 200년 전에 범했던 우를 되풀이하지 않았다. 백야문에 협력하지 않는 자들을 적대하지 않겠노라고 선언함으로써 요괴들을 자기편으로 끌어들였다.

물론 200년 전의 일이 있으니 쉽게 신뢰를 얻을 수 있을 리 없다. 그러나 불신을 드러내는 자들 몇몇을 본보기로 박살 내고 그들의 영육을 충성하는 자들에게 나눠주는 의식을 거행하자 순식간에 대세가 기울어졌다.

형운이 청륜에게 말했다.

"어르신, 여덟 수족에 대한 정보가 필요합니다."

6

진예는 자신을 찾아온 세 요괴와 싸워서 하나를 처치하고 하나를 죽음 직전까지 보냈다. 그러니 성하의 여덟 수족 중 남은 것은 일곱일 것이다.

청륜이 고개를 끄덕였다.

"비어버린 자리는 그대로일 걸세. 하지만 중상을 입은 하나는 이미 회복했을 가능성이 크네."

"역시 그렇습니까."

"영육을 취하기만 하면 회복할 수 있는 요괴의 특성이 있으니까. 진예가 싸웠다는 요괴들에 대해서 말해주겠나?"

형운이 진예에게 들은 이야기를 전해주자 청륜의 표정이 심각해졌다.

"남녀 거인은 아마 이 시대에 깨어나서 새롭게 만들어낸 요괴일 것 같군."

"만들어내다니요?"

"성하가 여덟 수족을 거느리는 것은 자신에게 복종하는 자들 중 여덟을 선별하여 관계를 맺은 것이 아닐세. 그 자체로 술법적인 의미가 있지. 200년 전에 깨어났을 때, 여덟 수족 중 500년 전부터 살아남은 존재는 단둘에 불과했지만 곧바로 여덟이 되었네. 그렇게 만든 여덟 수족 중 결원이 발생했을 때 다시 채우는 일은 쉽지 않은 것 같지만……."

특별한 사연이나 긴 역사를 지녀서 강한 의념이 깃든 존재는 생물과 무생물을 막론하고 요괴가 되기 쉽다. 성하는 그런 존재에게 생명을 불어넣어 요괴를 만듦으로써 여덟 수족의 빈자리를 채우고는 했다.

"하지만 그 설인은 그런 경우는 아닐 걸세. 아마 성하가 자신을 알아보고 복종한 자를 거둬들여서 권능을 부여한 경우일 것 같군."

설인의 경우는 청륜도 모르는 존재였다. 오랜 시간을 살아왔고 나름대로 힘이 있는데도 청륜이 몰랐다면 아마도 200년 전의 전쟁 이후 월성의 영역 너머에서 자라났을 가능성이 높다.

"우리도 여덟 수족 전원을 본 것은 아닐세. 하지만 그들과 마주한 생존자들의 정보를 종합해 보면 200년 전에도 있었던 존재는 둘일세."

500년 전에도, 아니, 그보다 더 오래전부터 성하를 섬겼던 대요괴 설경.

200년 전에 성하에게 선택받아 대마수가 된 만설군.

"그 둘은 성하와 함께 봉인되었다가 깨어난 경우고, 나머지는 전원 새로운 존재들로 추정되네. 그리고 그중 하나는 나도 아는 요괴지."

여우인간 요괴 백안.

그는 백야문과의 싸움으로 혈족을 잃은, 인간에게 복수심을 불사르는 존재다. 지금까지도 간간이 백야문의 눈길을 피해서 설산의 인간들을 습격해 살해해 왔기에 흉명이 드높았다.

"전투 능력 자체는 그렇게 높지 않지만 상대를 보는 것만으로도 그 능력을 읽어내는 것은 물론이고 눈 위의 흔적을 보는 것만으로도 그곳에서 있었던 일을 알아낼 수 있다고 하더군. 그래서 수십 년 동안 백야문에서 작정하고 추적했는데도 몇 번이고 빠져나간 전적이 있네."

"수십 년이라니… 정말 신출귀몰한가 보군요."

"성하의 여덟 수족이 되었으니 전투 능력도 현격히 상승했겠지. 전투 능력은 낮아도 영격은 꽤 높았으니 어쩌면 대요괴가 되었을지도 모르네."

"골치 아프군요. 성하만 해도 감당할 수 있을지 모르는 상황이건만……."

하나하나가 걸어 다니는 재해라고 불릴 만한 존재가 일곱이나 붙어 있다니, 게다가 이들이 한자리에 모이면 분명 상상하기도 싫을 정도로 어마어마한 상승효과가 발생할 것 아닌가?

청륜이 한숨 섞인 목소리로 말했다.

"그나마 성하가 많이 쇠약해졌기에 망정이지 안 그랬으면 이미 모든 것이 끝난 후였을 걸세."

"네? 뭐라고요?"

순간 형운은 뒷골을 망치로 얻어맞은 것 같았다.

그가 본 성하의 힘은 청해군도에서 자신의 몸을 차지했던 암해의 신과도 비견할 만하다. 과연 저런 존재를 요괴라고 불러도 될까 싶을 정도였다.

그런데…….

"저게 쇠약해진 거라고요? 정말로?"

"그, 그렇다네."

형운이 거의 덤벼드는 듯한 기세로 묻자 청륜이 움찔하며 대답했다.

"200년 전 최후의 일전을 치를 때와 비교해도 확연히 약해 졌네. 과거 두 번의 싸움은 그녀의 목숨을 위협한 게 아니라 상처 입히고 긴 세월 동안 전혀 영육도 기운도 섭취하지 못하 도록 봉인함으로써 그 힘을 깎아내는 과정이었지."

"말도 안 돼……."

형운은 아연해졌다.

동시에 궁금함을 참을 수 없었다.

"아니, 그럼 대체 예전에는 어떻게 쓰러뜨렸던 겁니까? 500년 전에는 초대 백야문주가 신화적인 초인이어서 그럴 수 있었다 지만 200년 전에는 대체 어떻게…….."

"저도 궁금해요."

가만히 듣고 있던 서하령이 끼어들었다.

"서 무사의 말에 따르면 200년 전에는 요괴들까지 합세해서 설산의 대동맹이 이루어졌다고 하더군요."

"그랬네. 이전에도 이후에도 없을 대군세였지."

청륜이 당시를 회상했다.

수적으로도 질적으로도 역사상 다시없을 어마어마한 군단 이었다. 대영수, 대마수, 대요괴를 합치자 그 수가 17명에 달 했고 거기에 백야문에도 당대의 문주와 선대 문주가 빙백무극 지경에 도달한 자들이었다.

이 어마어마한 전력 앞에서 성하와 여덟 수족도 속절없이 밀리기 시작했다. 여덟 수족 중 넷이 죽고 성하도 몇 번이나 큰 상처를 입어가면서 패퇴를 거듭해 갔다.

"물론 희생도 만만치 않았네. 성하를 그만큼 궁지에 몰아넣 는 동안 2천에 달하는 희생이 있었지. 17명의 수장들도 반절로 줄었고."

"……."

현실감이 느껴지지 않는 숫자다. 고작 아홉 명의 적 중에 넷 을 죽이기까지 2천의 아군이 죽어나갔단 말인가?

"하지만 지금은 그때처럼 무서운 힘을 발휘하진 못할 걸세. 당시 성하와 여덟 수족의 진정한 힘은 설산을 아우르는 거대 한 진법으로부터 나오는 것이었으니. 성하가 쓰러뜨린 신화의 존재들의 시신을 이용해서 세운 그 진법은 수백 리에 걸쳐 있 었고, 그 진법 위에서 성하와 여덟 수족이 한자리에 모이면 그 힘은 천지를 경동시킬 정도였다네."

설산 대동맹은 막대한 희생을 치르면서 그 진법을 파괴하는
데 성공했다.

진법이 파괴되었어도 성하와 여덟 수족은 여전히 강력했다.
그러나 하나하나 수가 줄어들 때마다 확연히 약해져 갔다. 그
들 아홉의 연계는 그 자체로 진법과 같아서 막대한 상승효과
를 불러오기 때문에 수가 줄어들수록 힘의 감소 폭도 컸던 것
이다.

청륜이 쓴웃음을 지었다.

"물론 우리도 그때처럼 싸울 수 없지. 그때의 살겁의 영향이
아직까지도 회복되지 않아서 설산에는 그때만큼의 전력이 없
고, 또 이번에는 성하가 요괴들을 자신의 편으로 끌어들였으
니⋯⋯."

"하지만 말씀하신 걸로 끝이 아니었지요?"

서하령이 끼어들었다.

"성운의 기재였던 백야문의 장로가 성하에게 죽어서 먹히
면서 완전히 기울었던 전세가 역전되었다고 들었어요."

"그랬다네."

청륜이 괴로운 표정으로 눈을 감았다.

수백 년을 살아온 대영수인 그는 인간하고는 시간 감각이
달랐다. 200년도 더 된 일인데도 불과 몇 년 전의 일처럼 생생
하게 기억하고 있었다.

"백야문 최고의 기환술사 양무. 그녀가 문주를 구하기 위해

서 자신을 희생하면서 전세가 뒤집어졌네."

그것은 누구도 예상치 못한 사태였다.

양무의 영육을 취한 성하의 상태가 극적으로 회복되었다. 그 순간에는 그녀의 기운이 하늘과 땅을 이으면서 상상을 초월한 권능을 발휘하기 시작했다.

형운이 물었다.

"그런데 대체 어떻게 이긴 겁니까?"

"그녀가 돌아왔던 덕분일세."

"그녀라뇨?"

의아해하는 형운에게 청륜이 미소 지었다. 오랜 세월을 살아오며 온갖 일들을 겪은 자만이 지을 수 있는 미소였다. 그리움, 애잔함, 안타까움, 슬픔까지 한 마디로 정의할 수 없는 온갖 감정이 그 속에 담겨 있었다.

"백야가 돌아왔었네."

7

지하 공동 속에 흐르는 공기는 숨결조차 얼어붙을 듯 차가웠다.

기괴한 공간이었다. 온통 얼음만으로 뒤덮인 공간이었으니까. 벽도, 천장도, 바닥도 두꺼운 얼음이 없는 곳이 없었다.

본래대로라면 그곳에는 한 줄기 빛조차 존재하지 않았을 것이다.

설산 깊숙한 곳, 백야문의 본거지가 있는 곳에서 100장(약 300미터)이나 아래쪽에 위치한 지하 공간이었고 등불처럼 인위적인 조명도 없었으니까.

하지만 시리도록 차가운 빛이 그곳을 밝히고 있었다. 얼음 속에서 흘러나오는 은은한 빛이었다.

설산검후 이자령은 그 한복판에 가부좌를 틀고 앉아 있었다.

다른 백야문도가 그렇듯 그녀도 오랫동안 제대로 먹지 못하여 뼈만 앙상할 정도로 말라 있었다. 하지만 수면이 얼어붙은 듯 매끈한 얼음으로 뒤덮인 아래쪽을 향한 눈빛만은 형형했다.

문득 그녀가 몸을 일으켰다. 그리고 정중하게 절을 올렸다.

"조사님께서는 사명을, 도리를, 의무를 다하셨습니다. 문주인 제가 부족하여 당신의 안식조차 방해함을 죄송하게 생각합니다."

몸을 일으킨 이자령의 손에는 한 자루 검이 들려 있었다. 그녀의 애검이 아닌 다른 검이.

기묘한 검이었다.

언뜻 보면 얼음으로 만들어진 것처럼 보였다. 하지만 잘 보면 질감이 이질적이라는 것을 알 수 있다. 마치 은은한 달빛을 한데 모아서 벼려낸 것처럼 차가우면서도 투명한 소재는 도무지 무엇인지 알 수 없었다.

"제 죄는 의무를 다하는 것으로 갚겠습니다. 이 비루한 목숨을 바쳐서라도."

　이자령은 그 검을 들고 다시금 예를 표하고는 그곳을 떠났다.

　그녀가 가부좌를 틀고 있던 곳, 그 아래쪽에서 발하는 빛 속에는 한 사람의 모습이 있었다. 눈처럼 아름다운 은발을 지닌 젊은 여성이었다.

제149장
인내의 과실

성운을 먹는 자

1

설경은 성하의 여덟 수족을 이끄는 우두머리 격의 존재였다. 성하가 의식을 치르고 있는 지금 그는 여덟 수족은 물론이고 복종을 맹세한 설산의 요괴 세력 전부를 통제하는 대장군이나 다름없었다.

─또 뭔가가 결계로 들어왔군.

그는 심기가 사나웠다.

형운 일행 때문이다. 백안과 혈빙검의 활약으로 형운 일행의 전력은 대충 파악이 끝났다. 이제는 백야문의 결계 밖으로 나오기만 하면 붙잡아서 성하에게 바칠 생각이었는데 그들은 나흘이 지나도록 움직임이 없었다.

"또? 이번엔 어떤 놈이야?"

눈을 씹으며 물은 것은 키가 2장 반(약 7.5미터)에 이르는 거대한 백곰이었다.

그런데 그는 덩치만이 아니라 생김새도 좀 특이했다. 정수리부터 등 쪽까지 불꽃 같은 갈기털이 나 있었고 머리에는 새하얀 돌 같은 뿔 하나가 솟아 있었으며 양팔과 다리에는 뾰족뾰족한 얼음조각들이 마치 갑옷처럼 달라붙어 있었다.

그는 여덟 수족 중 설경 다음의 서열인 대마수 만설군이었다.

─영수의 피가 섞인 인간이다. 제법 깊이 파고들어 오는군.

"내버려 두면 돌파할 수도 있을 것 같소?"

─어쩌면.

"그럼 아무나 보내서 처리를… 아니지. 내가 가지. 그 정도면 간에 기별은 갈 테니."

설경과 만설군도 오랫동안 봉인되어 있다가 풀려났기 때문에 쇠약해져 있었다. 설산의 요괴들을 복종시키고 백야문을 궁지로 몰면서 적들의 영육으로 영양 보충을 했지만 아직 상태가 신통찮다.

─놈들이 움직일 때 네가 없으면 곤란하다.

"걱정 마쇼. 후딱 해치우고 올 테니."

만설군이 눈을 박차고 질주하기 시작했다. 그만한 거구인데도 눈 위에 흔적 하나 남기지 않고 날듯이 달려간다. 설산의 험악한 산세를 질주하는 그 속도는 쏘아진 화살보다도 세 배는 더 빨랐다.

그는 놀라서 바라보는 요괴들의 시선을 뒤로한 채 결계로 진입했다.

성하의 여덟 수족인 그는 이 결계 속에서 아무런 저항감도 느끼지 않았다. 주변을 휩쓰는 눈폭풍이 아무런 영향도 끼치지 않으니 마치 허상 속을 거니는 것 같았다.

실로 놀라운 권능이다. 이런 권능을 접하고 나면 누구나 성하를 경외하지 않을 수 없을 것이다.

그래서 만설군은 200년 전에 기꺼이 성하에게 충성을 맹세했다.

마수가 되는 경우는 두 가지 경우가 있다.

첫 번째는 영수가 타락하는 경우.

두 번째는 마계의 마기에 노출되어서 영격이 상승한 경우였다.

만설군은 두 번째 경우에 속하는 순수한 마수였다. 현계와 마계의 경계가 흐린 곳에서 누출된 마기가 그를 마수로 각성시켰다.

그리고 그것은 그의 삶이 끝없는 싸움 속에 내던져졌다는 의미였다.

순수한 마수는 그 자체로 마계와 현계를 잇는 문 역할을 했다. 그러나 물리적으로 이어진 것은 아니었다.

마계의 존재들은 마수인 그의 정신을 공격해서 집어삼킴으로써 육신을 차지할 수 있었다. 한순간의 휴식도 없이 고통과 투쟁을 강요받는 마계에서 벗어나 현세의 존재로 거듭날 수 있는 것이다.

그렇기에 만설군의 삶은 투쟁으로 점철되어 있었다. 깨어 있을 때도, 잠들었을 때도 그는 늘 마계의 존재들이 자신에게로 이어진 길을 찾아내어 공격해 올 것을 두려워하며 살아야 했다.

아무리 싸워 이기고 강해져도 끝이 없었다. 그의 영격이 상승하여 존재감이 커지자 잔챙이들은 덤비지 않게 되었지만 그 자리를 강대한 자들이 대체했을 따름이었다.

만설군의 눈에 보이는 세상은 온통 핏빛이었다.

부수고, 죽이고, 먹어서 강해진다.

오직 그것만을 생각하며 살았다. 지성을 지녔으면서도 본능만으로 살아가는 짐승만도 못한 삶이었다.

성하는 그를 숙명으로부터 해방시켜 주었다.

'가혹한 운명에 치여 그저 마모될 수밖에 없는 가련한 아이야. 내가 네 무거운 짐을 치워주마. 그 힘을 올바른 사명을 위해 써라.'

만설군은 지성을 갖게 된 이후로 단 한 번도 누려보지 못한 편안한 수면을 즐길 수 있었다. 질식해서 죽어가는 자에게 호흡할 수 있는 공기만큼 소중한 것이 없듯 만설군에게 있어서 그보다 가치 있는 보물은 존재하지 않았다.

그렇기에 만설군은 이해할 수 없었다.

'월성, 너는 왜 그분을 배신한 것이냐?

월성이 배신한 것은 만설군이 여덟 수족의 일원이 되기 전이다.

그러나 그가 만설군 자신과 같은 처지라는 것은 알고 있었다. 그 역시 만설군과 같은 숙명 속에서 고통받다가 성하에게 구원받고 충성을 맹세했다.

그런데 그는 어째서 성하를 배신하고 인간의 편에 선 것일까?

만설군은 언제나 그것이 궁금했다.

'이제는 풀 수 없는 의문이군. 안타깝게도…….'

그의 상념을 깬 것은 눈폭풍 너머로 보이는 한 인간의 모습이었다.

2

"후욱, 후욱……."

전신을 두꺼운 털가죽 옷으로 감싼 인간 청년이 숨을 몰아쉬며 걷고 있었다.

이 눈폭풍 속에서도 날아가지도 않고, 얼어붙지도 않는다. 격렬한 바람을 타고 날아드는 눈도 표면에 달라붙지 못하고 미끄러져 날아갈 뿐이다.

폭설로 쌓인 눈 속으로 빠지지 않는다. 마치 땅 위를 걷는 것처럼 쌓인 눈 위에 발자국조차 남기지 않고 걷고 있었다.

한기를 다루는 능력이 경지에 달하지 않았다면 불가능한 일이다.

'놀랍군. 정말 맛있어 보이는 놈이야.'

만설군이 이를 드러내며 웃었다. 그의 오감이 저 인간의 기운을 감지한다. 눈으로 아지랑이처럼 꿈틀거리는 기운을 보고, 코로 기(氣)의 향취를 맡고, 귀로 기파의 울림을 듣는다.

분명했다. 저 인간은 대마수인 그에게도 침이 고이게 만드는 먹잇감이었다.

'자비를 베풀어서 단숨에 숨통을 끊어주지.'

만설군이 비호처럼 달려들었다. 산처럼 거대한 덩치라고는 믿을 수 없는 날렵함이었다.

콰아아아아아앙!

앞발로 내려친 일격에 쌓인 눈이 폭발적으로 흩어져 갔다. 인간이 맞았다면 뼈도 못 추릴 파괴력이었다.

그러나 만설군은 경악했다.

'피했어?'

강한 인간이기는 하지만 이 결계 속에서는 만설군이 절대적으로 유리했다. 만설군의 일격을 맞기 직전까지는 존재조차 감지하지 못했을 터.

그런데 보이지 않는 기운이 그의 앞발을 쳐서 궤도를 비틀었다. 그리고 인간은 벼락같은 몸놀림으로 빠져나갔다.

"크윽……!"

청년이 신음했다.

결계 밖이었으면 곧바로 자세를 바로잡고 반격에 나섰을 것이다. 그러나 이곳에서는 일격을 피하는 것이 고작이었다. 일정하게 유지하던 기파가 흐트러진 것만으로도 눈폭풍을 버티기 어려워진다.

'빌어먹을. 뭐 이렇게 흉악한 진법이 다 있어? 어마어마한 놈 같은데 거리가 벌어지자마자 전혀 감지할 수가 없게 되다니.'

지독하게도 악랄한 기환진이었다.

웬만한 무인은 여기에 들어오는 순간 아무것도 못 하고 얼음기둥이 될 것이다. 그리고 기공에 통달한 고수라 할지라도 이곳에서 살아남는 것만으로도 진력을 소모하게 되니 전력을 발휘하는 것은 어불성설이다.

그런데 적은 자신을 훤히 볼 수 있는데 자신은 상대가 코앞까지 들이닥치도록 전혀 감지할 수 없다니. 너무나도 절망적이지 않은가?

커허어어어어엉!

그때 웅장한 포효가 울려 퍼졌다. 충격파가 지면을 휩쓸고 눈폭풍마저 걷어낸다.

그리고 그 너머에서 집채만 한 백곰이 모습을 드러냈다.

"이건……!"

인간 청년이 전율했다.

백곰이 포효로 눈폭풍을 걷어내고 나자 그가 과시하듯 내뿜는 기파가 기감을 불태울 것 같았다. 거대한 산이 움직이는 것처럼 어마어마한 기운이다.

'설마 대마수? 이렇게 느닷없이?'

청년은 대영수를 본 적이 있었다. 그렇기에 눈앞의 만설군이 대마수라 불릴 만한 영격의 소유자임을 알아보았다.

백곰 대마수, 만설군이 쩌렁쩌렁 울리는 목소리로 말했다.

"인간이여, 너를 가치 있는 사냥감으로 인정하마! 나는 만설군! 위대한 성하의 여덟 수족의 일좌를 차지하고 있는 몸이니라!"

"…고작 자기소개를 하려고 절대적으로 유리한 고지를 포기한 거냐?"

청년이 어이없어하며 물었다.

그러자 만설군이 껄껄 웃었다.

"그런 이점에 기대어 자신의 나약함을 가리는 것은 짐승에게나 어울리는 행동이다. 너는 내 일격을 피하는 것으로 자신의 가치를 증명하였다. 그런 자에게는 마땅한 권리를 주어야만 한다."

"무슨 권리지?"

"전력으로 내게 저항할 수 있는 권리다! 약자에게 운명과 싸워 살아남을 기회를 주는 것은 대마수라 불리는 나의 운명이자 사명이니라."

"할아버지도 그렇더니만 그 정도의 영격을 지닌 자에게는 그런 태도가 단순한 자만이나 허세는 아니라는 이야기군. 인간의 신념에 가까운 것인가."

"자, 인간이여. 이름을 밝혀라."

"마곡정."

청년, 마곡정은 얼굴을 가리고 있던 방한 두건을 벗어서 던졌다.

드러난 그의 얼굴은 다소 이질적이었다. 머리칼 일부는 백발로 변해 있었고 눈의 흰자위는 온통 푸른빛이 대신하고 있었으며 동공이 작은 눈동자는 청안설표의 그것과 흡사해서 비인간적인 느낌을 주었다. 또한 송곳니가 날카로워져서 앙다문 입술 밖으로 삐죽 튀어나와 있었다.

영수의 힘을 개방하고 있는 상태다. 그러지 않으면 도저히 이 결계 속에서 전진할 수 없었던 것이다.

"청안설표 일족의 말예다."

"청륜의 일족이었나? 허허, 인간하고 눈이 맞았다더니 꽤 좋은 후손을 얻지 않았는가?"

마곡정은 장갑을 벗어버리고 도를 뽑아 들었다. 두꺼운 방한 장갑을 낀 채로는 도저히 만설군을 상대할 엄두가 나지 않았다.

'이러다 이놈이 다시 눈폭풍을 원상 복귀 시키면 끝장인데… 젠장. 형운이랑 하령이 누나는 여기서 이런 일이 생길 거였으면 정보를 좀 남겨두고 가든가 아니면 기다렸다 나도 데리고 갈 것이지 매정하게.'

마곡정 입장에서는 최악의 위기였다. 현실적으로 볼 때 만설군을 쓰러뜨리고 결계를 돌파하는 것은 불가능하다. 그의 공격을 피해 결계 밖으로 이탈하는 것이 최선이었다.

크워어어어어!

만설군이 포효하자 한기의 격랑이 해일처럼 밀려들었다.

도저히 정면으로 맞설 엄두가 안 나는 공격이다. 마곡정은
기공과 한기를 다루는 능력을 융합, 그 격랑의 흐름에 올라타
서 위로 뛰어넘었다.

퍼어어엉!

그곳으로 달려든 만설군의 앞발과 마곡정의 도격이 부딪쳤
다.

공기가 폭발하면서 마곡정이 눈밭에 거세게 처박혔다.

"쿨럭……!"

기맥이 진탕한다. 7심 내공에 영수의 힘까지 더한 도격이었
는데도 어이없이 밀렸다.

"상처를 입어보긴 오랜만이군! 하하하!"

만설군 앞발에 옅은 상처가 나 있었다. 상처에서 스며 나오
는 피를 핥는 그의 갈기털이 살아 있는 것처럼 일렁이더니 그
로부터 그의 발톱을 닮은 형상의 얼음들이 형성되어 소나기처
럼 쏟아져 내렸다.

투콰콰콰콰콰!

마곡정은 그것을 질풍 같은 도격으로 쳐냈다. 하지만 잠깐
움직임이 묶인 사이 만설군이 돌진해 와서 그를 들이받았다.

'커억……!'

순간 의식이 아득해졌다.

'빙백무극지경… 빌어먹을!'

만설군은 자신이 쏘아낸 얼음발톱의 소나기가 허상에 불과한 것처럼 통과해 왔다. 빙백무극지경의 능력이 있기에 가능한 재주였다.

"대단하군! 정말 대단한 인간이다!"

만설군의 팔에 상처가 나 있었다. 마곡정은 그 순간에도 예리하게 반격한 것이다.

"힘을 아끼려고 했거늘, 안이한 생각으로 싸워서는 손해가더 크겠구나. 나도 실력을 보여주마."

'안 보여줘도 돼, 빌어먹을 놈!'

마곡정은 통증을 다스리느라 그 말을 내뱉지 못했다.

그 앞에서 만설군의 마기가 폭발적인 기세로 부풀어간다. 그리고 사방에서 얼음기둥이 일어나기 시작했다.

콰직!

그때였다. 빠른 속도로 일어나던 얼음기둥이 터져 나갔다.

"음?"

만설군이 깜짝 놀랐다.

그는 마곡정과의 싸움을 위해 일정 권역을 확보했을 뿐, 그 너머에는 여전히 눈폭풍 결계가 건재하다. 그리고 그는 누군가 결계 속에서 접근해 오면 자연스럽게 알 수 있었다.

그런데 방금 전의 공격은 아무런 조짐도 느끼지 못했다.

스스스스……

눈밭 위에 먹으로 그은 듯 새카만 선이 그어지더니 마곡정의 그림자에 닿았다. 그리고 그곳으로부터 마치 먹물이 번져 가듯 한 사람의 모습이 나타났다.

마곡정이 기겁했다.

"당신은……."

"혼마!"

만설군이 잔뜩 굳은 얼굴로 으르렁거렸다.

마곡정의 그림자에서 일어난 흑의의 남자, 한서우가 삿갓을 들어 올리며 웃었다.

"만설군이라고 했던가? 이 녀석은 내줄 수 없다. 네 양식이 되기에는 너무 아까운 젊은이거든."

3

형운은 답답해서 미칠 지경이었다.

아무것도 할 수가 없다.

절망적인 상황이라 뭐든 해야 할 것만 같다. 그러나 지금은 그저 결과가 나올 때까지 기다려야만 했다.

"기운 낭비 하지 마."

새벽에 나와서 기본기를 수련하고 있던 형운에게 서하령이 말했다.

"네가 나와 있으니까 가 무사도 나와 있고, 넌 또 가 무사님을 배려한답시고 힘을 쓰고 있고… 이게 무슨 낭비야?"

"답답해서 그래."

형운 일행이 가져온 비상식량은 백야문도들에게 나눠줬다. 오랫동안 굶주려서 시체처럼 비쩍 말라 버린 사람들을 앞에 두고 어찌 식량을 아낄 수 있겠는가?

당연히 그들도 먹을 것이 없는 상황이었다. 지난 나흘간 고작 한 끼를 먹었을 뿐이고 그것도 일반적인 음식이 아니라 빙령으로부터 나온 영약이라 음식을 먹었다는 포만감은 전혀 없었다.

다들 신경이 바짝 곤두선 채로 필사적으로 절망과 싸우고 있었다.

한 톨의 기운도 아깝기에 반드시 그래야만 하는 일이 생기지 않는 한 다들 움직임을 아꼈다. 형운도 그래야 함을 알았지만 너무 답답해서 이러고 있었던 것이다.

서하령이 말했다.

"답답한 건 너뿐만이 아니야."

"젠장. 나라도 나가서 식량을 구해 오고 싶은데……."

하지만 형운이 나가면 곧바로 성하에게 발각될 것이다.

처음에 결계에 진입할 때는 정말 운이 좋았다. 성하 본인은 물론이고 여덟 수족도 공격해 오지 않았으니까.

그것이 그들의 오만 때문인지 아니면 다른 사정이 있어서인지는 알 수 없다. 하지만 그런 행운이 계속된다는 보장이 없었다. 형운이 나갔다가 성하와 여덟 수족이 일제히 덮쳐오기라도 한다면 끝장이다.

"음?"

문득 형운이 고개를 돌렸다.

서하령이 물었다.

"왜 그래?"

"검후께서 나오고 계셔."

형운과 서하령, 가려는 곧바로 백야문의 문주전으로 향했다.

그곳에는 아무도 없었다. 소집령이 울리지 않는 한 다들 자기 거처에 틀어박혀 있는 상황이니 당연했다.

문주전에서 천천히 걸어 나오는 이자령을 보는 형운의 표정이 안타까움으로 물들었다. 그녀 역시 뼈만 앙상할 정도로 말라 있었기 때문이다.

하지만 그것도 잠시였다. 형운의 눈길이 그녀가 등에 지고 나온 검에 못 박혔다.

'뭐, 뭐야, 이건?'

형운은 경악을 금치 못했다.

모든 부분이 통짜로 이루어진 검이었다. 언뜻 보면 얼음검처럼 보이기도 하지만 잘 보면 질감이 이질적이다. 마치 은은한 달빛을 모아서 벼려낸 것처럼 차가우면서도 투명한 소재의 정체가 무엇인지 알 수가 없었다.

'성혼철?'

하지만 형운은 그것을 보는 순간 자연스럽게 성혼철을 떠올렸다.

저것이 성혼철이 아님은 안다. 그러나 너무나도 성혼철과

흡사한 느낌을 주었다. 그 검은 인류가 지금까지 해명한 이치
를 초월하는 무구였으며……

'신기(神氣)! 신기를 담은 무구라니……!'

하늘에서 내려왔다고 하는 신성한 힘, 신기를 담고 있었다.
즉 중원삼국의 황실에서 계승하고 있는 신기(神器)와 동격이
었던 것이다. '

"네가 어째서 여기에 있느냐?"

그때 이자령이 물었다.

퍼뜩 정신을 차린 형운이 정중하게 인사했다.

"오랜만에 뵙습니다."

"허례 때문에 심력을 낭비하고 싶지 않으니 묻는 말에 대답
이나 하거라."

"그것이……."

형운은 차분하게 사정을 설명했다. 그 설명을 듣는 검후의
표정이 시시각각 변했다.

"하늘이 도왔구나……."

안도의 한숨을 내쉰 그녀가 양손을 모아 형운에게 포권했
다.

"신의를 잊지 않고 위험을 함께하기 위해 와준 너희들의 행
동에 감사하마. 그리고… 진예를 무사히 데려와 줘서 정말 고
맙다."

"……."

형운은 잠시 말문이 막혀 버렸다. 다른 사람도 아니고 이자

령에게 이렇게 솔직한 감사 인사를 받는 날이 올 거라고는 상상도 해보지 못했기 때문이다.

그런 형운의 표정을 본 그녀의 눈꼬리가 치켜 올라갔다.

"왜 그러느냐?"

"그냥 좀 놀라서 그렇습니다."

어색한 웃음으로 얼버무린 형운이 물었다.

"그보다 시장하시지 않습니까? 검후께서 먹을 것을 좀 남겨두었습니다만……."

"체면 차리며 사양할 때가 아니구나. 감사히 받도록 하마."

자신만이 아니라 백야문 전체의 운명이 걸려 있기 때문일까, 이자령은 쓸데없는 자존심을 세우지 않았다. 형운은 그런 그녀의 태도가 낯설기만 했다.

곧 그녀가 올라왔음을 알아차린 백야문도들이 하나둘 밖으로 나와보면서 주변이 부산스러워졌다.

하지만 형운은 그것이 이자령의 존재 때문만이 아님을 알았다.

땡땡땡땡땡……!

경계를 서던 자들이 비상령을 울렸기 때문이었다.

다들 놀라서 뛰어오는 가운데 형운만은 환하게 웃고 있었다.

그리고 그와는 대조적으로 이자령의 표정은 무섭도록 굳어져 갔다.

"때를 잘 맞췄군. 예지가 잘 맞아떨어져서 다행이야."

등에 커다란 가죽 포대를 짊어진 채 그렇게 말하는 흑의의 남자는 한서우였다.

그리고 그 뒤쪽에는 술법으로 방한 처리가 된 두꺼운 털가죽 옷을 입은 마곡정이 있었다.

4

형운은 마곡정을 보자마자 반가움을 드러냈다.

"곡정아! 무사했……."

그리고 마곡정은 형운을 보자마자 쌍심지를 켜며 주먹질을 했다.

"우와!"

기겁해서 그것을 피한 형운이 말했다.

"야! 너무하는 거 아냐?"

"너무하긴 뭐가 너무해? 이 양심도 없는 새끼야. 사람 뒤통수를 찰지게 갈겨놓고 그런 소리가 나와? 네게 사람의 마음이라는 게 있으면 한 대는 맞아라."

마곡정이 손가락을 까딱거리며 말했다.

지은 죄가 있는 형운이 침을 꿀꺽 삼켰다.

"화, 확실히 내가 잘못하긴 했는데… 지금은 좀 그렇고 일 끝난 다음에 나중에 맞아주면 안 되겠냐?"

"장난해? 보는 눈 많아서 체면 차려야겠다 이거야?"

"체면이 아니라 실리적인 이유 때문에 그래. 지금은 좀 봐줘."

서하령이 끼어들었다.

마곡정이 고개를 확 돌려서 그녀를 노려보았다. 원망과 분노, 안도감이 섞인 눈이 자신을 향하자 서하령은 쓴웃음을 지었다.

"미안해."

"……."

"다음부터는 안 그럴게."

"미안할 짓을 왜 해? 젠장."

"일 끝나고 나면 나도 한 대 맞아줄게."

"……."

마곡정이 그녀를 뚫어져라 노려보았다. 그러다가 가슴속에서 꿈틀거리는 감정을 다스리려는지 눈을 감고 속눈썹을 파르르 떨었다.

"…내가 절대 안 그럴 거 알면서 그런 말 하는 거, 비겁하잖아, 누나."

"진심이었는데. 네가 언제부터 나를 안 때리는 사람이었다고……."

"그거야 수련이었잖아! 그리고 때리려고 했지 정작 때려보지도 못했거든? 아오, 젠장. 둘이 손잡고 거하게 뒤통수를 친 걸로도 모자라서 여기서도 작당해서 사람을 바보로 만드네."

마곡정이 눈을 걷어차며 성을 냈다. 형운과 서하령은 서로를 바라보며 어색하게 웃었다.

"미안하다. 다음부터는 절대 안 그럴게."

"됐어, 이 나쁜 놈아."

마곡정이 홍 하고 고개를 돌려 버렸다. 그러다가 문득 자신의 주변에서 형성되는 험악한 기파를 느끼고는 흠칫했다.

이자령이 한서우를 흉흉하게 노려보고 있었다.

한서우는 부드럽게 웃고 있었지만 다들 바짝 긴장한 채로 그 광경을 바라보았다. 만약 예민해질 대로 예민해진 이자령이 적의를 억누르지 못하고 공격을 가하기라도 한다면…….

"혼마……."

"안색이 영 안 좋군, 검후. 그래도 뭔가 비장의 수를 준비하는 것 같더니 그쪽은 무사히 마무리된 것 같으니 다행이야."

한서우는 여전히 웃는 낯으로 말을 건넸다. 그를 뚫어져라 노려보던 이자령은 곧 살벌한 기세를 거두고 한숨을 쉬었다.

"본 문을 도와준 것에 감사하지. 설산의 사람은 은혜도 원한도 잊지 않는다. 이번에 그대가 베푼 호의는 추후에 반드시 보답하겠다."

"……."

깜짝 놀라서 그녀를 바라본 것은 형운만이 아니었다. 그의 일행도, 백야문도들도, 심지어 한서우 본인조차도 한 대 얻어맞은 듯 어안이 벙벙해졌다.

"…어, 혹시 내가 지금 환청을 들었나? 결계를 오락가락하느라 고생을 많이 하다 보니 심신이 쇠약해졌는지도 모르겠는데."

너스레를 떠는 한서우에게 이자령이 눈을 부라렸다. 한서우는 어색하게 웃으면서 어깨를 으쓱했다.

이자령이 고집스러운 표정으로 말했다.

"혼마 한서우, 당신은 행동으로 우리에 대한 신의를 증명하였다. 어쩌면 이것조차도 예지의 힘을 지닌 그대의 기만일지도 모르지만… 나는 내 눈으로 보아온 당신을 믿겠다. 어려운 상황에 처해서야 당신이 내민 손을 받아들이는 내 모습이 치졸해 보인다면 얼마든지 욕하도록 해라. 달게 받을 테니."

"……."

"나는 당신을 대한 내 지난 태도를 후회하지 않는다. 그러나 이제는 그것이 당신에게 진 빚이 된다는 사실도 이해한다. 우리는 얼마가 걸리더라도 당신에게 진 빚을 갚을 것이다."

오랫동안 이자령은 한서우를 불신했다.

다른 이들이 보기에는 답답하기 짝이 없는 태도였다. 한서우는 혼원교로부터 비롯된 마인이라고는 하나 오랜 시간 동안 강호에서 협의를 증명하여 민중이 인정하는 열 명의 협객으로 이름을 알린 인물이다. 민중에게 알려지지 않은 이면에서 그가 해결한 일들도 수도 없이 많았다.

또한 그는 늘 백야문에 호의적이었으며, 빙령도 그를 비처에 들이는 것을 허락할 정도로 좋은 관계였다. 선대 문주인 오운혜도 비공식적으로는 한서우와 친교를 맺고 있었다.

그런데도 이자령은 그를 향한 의심과 적의를 거두지 않았다.

그것은 과거의 경험으로부터 비롯된 상처와 신념 때문이었다. 백야문주가 되기 전까지 이자령은 많은 주변 사람들을 마인에게 잃은 경험이 있었다. 사형제 중에 혼원교도들에게 죽은 이만 둘이었다.

한서우가 스스로의 의지와 상관없이 마인이 되었더라도, 마인을 초월한 존재로 만들어져서 금기를 갈망하지 않더라도, 자신을 만들어낸 혼원교를 증오하여 끝장내기까지 했더라도……

그럼에도 그가 마인이라는 본질이 변하지는 않는다. 한서우 자신의 성품과는 관계없이 그의 존재 자체가 금기로 만들어낸 죄악의 상징이었다.

때로 교활하고 뛰어난 마인들은 10년, 20년이 지나도 주변 사람들에게 아무런 의심도 받지 않고 보통 사람인 것처럼 위장한 채로 살아간다. 예전에 한서우와 자혼이 찾아내어 처치했던 섭혼술의 달인 혈권쌍마가 그랬던 것처럼.

아니, 그것은 비단 마인만의 이야기는 아니다. 모두에게 선량한 자로 알려졌지만 그 이면에서는 추악한 행위를 일삼았던 권력자가 한둘이던가?

그렇기에 이자령은 한서우에 대한 의심과 적의를 거두지 않았다. 사람들이 그를 선량한 자로 여긴다면, 오히려 그렇기에 자신이라도 그를 의심하고 감시해야 한다는 신념이었다.

하지만 이제는 그만 끝낼 때가 되었다. 이자령에게 있어서 이것은 백야문의 생존을 위한 타협이었으며 동시에 그토록 혹독한 잣대로 관찰했던 한서우를 인정하는 것이기도 했다.

'어쩌면⋯⋯.'

그런 두 사람을 보던 형운은 왠지 눈이 부셨다.

지금 이 순간, 하나의 악연이 끝을 맺었다. 어떤 이유에서든 이자령은 마음속에 품고 있던 편견의 칼을 내려놓고 한서우를 받아들였다.

'이것이 선배님이 살아오신 모습인지도 모르겠구나.'

한서우의 삶은 평탄한 적이 없었을 것이다. 그에 대한 이야기를 들어 알고 있었고, 그를 보며 짐작했다.

그러나 그것은 피상적인 이해에 불과했다. 한서우는 형운이 상상도 못 할 정도로 깊은 편견에 시달리며 살아왔다.

그는 초식동물 사이에 내던져진 육식동물이나 마찬가지였다. 모두가 그의 내면을 보는 대신 강력한 힘을 지닌 마인이라는 사실을 두려워했고, 그가 죄악을 저지르는 것을 기정사실처럼 여겼다.

누구에게도 환영받지 못하고, 다가갈 수도 없는 삶.

그런 삶이 얼마나 힘들고 고독했을지 형운은 감히 상상할 수 있다고, 이해한다고 말할 수 없었다.

어쩌면 이번에 설산에 와서 접한 그에 대한 일들이 그의 삶을 상징처럼 보여줬는지도 모른다. 적의 없이 다가가도 그를 배척했던 마을 사람들, 그리고 수십 년의 세월 동안 선의를 증명해 왔는데도 그를 불신하고 적대하던 이자령.

지금 이 순간에 와서야 마침내 한서우는 수십 년의 인내를 보답받았다.

그 사실을 이해하자 한서우의 입가에 걸린 미소의 가치가 전혀 달라 보여서 형운은 눈물이 흐를 것 같았다.

5

의식을 치르고 나온 이자령은 사람들을 문주전으로 불러 모았다. 물론 일반 문도들이나 백야문에 의탁해 온 모든 이들까지 모인 것은 아니고 수뇌라고 할 수 있는 이들만이었다.

모두가 이자령의 의식이 성공했음을 알 수 있었다. 그녀가 등에 지고 있는 검이 압도적인 존재감으로 그 사실을 증명했으니까.

하지만 청류는 기뻐하지 않았다.

"그녀는 이제는 더 이상 돌아올 수 없었나 보구려."

"조사님께서는 자신의 사명과 의무를 다하셨습니다. 그분의 영면을 또다시 방해한 것만으로도 죄스러울 따름입니다."

이자령은 청류의 의문을 긍정해 주었다.

형운은 의아함을 느꼈다.

청류는 초대 백야문주와의 인연에 대해서, 성하와의 싸움의 내밀한 사정을 모두 이야기해 주지는 않았다. 그도 모든 것을 알지 못할뿐더러 백야에 대한 것은 백야문의 비사(祕史)이기 때문에 자신이 함부로 이야기할 수 없다는 입장이었다.

하지만 분명한 것은 200년 전에 성하를 봉인한 것은 백야라는 점이다.

아무리 백야가 신화적인 존재라지만 죽음을 넘어 부활한 것은 아니었다. 그녀는 500년 전에 성하를 봉인할 때부터 부활을 예견하고 있었기에 스스로를 끔찍한 희생의 길로 몰아넣었다. 백야문 비처에서 얼음 속에 스스로를 가둔 채로 동면에 들어갔던 것이다. 불완전한 승리로 끝난 성하와의 싸움을 마무리 짓기 위해서…….

도대체 어떻게 그런 일이 가능한가 싶지만 실제로 현실에서 벌어진 일이고 그 당시를 생생하게 기억하는 청륜이 생존해 있다 보니 믿지 않을 수가 없었다.

'그때도 오래 활동하지 않고 다시 모습을 감췄다고 들었는데 더 이상 다시 돌아오지는 않는 건가?'

물론 이자령이 얻은 저 검만으로도 엄청난 소득이다. 빙백무극지경에 오른 이자령이 저 검을 쓴다면 상상을 초월하는 권능을 발휘하리라. 이자령의 육신이 오랜 굶주림으로 쇠약해졌다고는 해도 저것만 있으면 충분히 해볼 만하다고 생각되었다.

하지만 백야가 돌아오지 않은 것은 조금 아쉽기도 했다. 청륜에게 들은 바로는 백야는 그야말로 인간의 모습을 한 신이나 다름없는 존재였기 때문이다. 이번에도 그녀가 돌아왔다면 아군의 희생을 덜 걱정해도 되었을 텐데…….

'내가 너무 욕심이 많군.'

거기까지 생각하던 형운은 반성했다. 무인으로서 스스로 상황을 타파할 의지를 세우는 대신 먼 옛날의 얼굴도 모르는 사람이 구원해 줄 것을 기대하다니 창피한 노릇이었다.

이자령이 모인 면면들을 둘러보고는 말했다.

"조사님의 유산을 얻었으니 곧바로 결전을 치렀으면 합니다."

"당장 말이오?"

"다들 아시다시피 시간을 끌어봤자 우리에게 유리한 점이 전혀 없습니다. 그리고 혼마, 당신이 이 시점에서 우리에게 온 것은 예지가 이끈 바가 아닌가?"

"맞아. 구체적이지는 않았지만 검후 당신이 이때쯤 희망의 등불을 갖고 나온다는 예지를 붙잡았지."

"희망의 등불이라, 그 말대로군. 갑자기 당신에게 기대는 것 같아서 미안하지만……."

이자령은 그렇게 말하며 어색한 표정을 지었다. 그녀가 아직 한서우를 대하는 태도가 혼란스럽다는 사실을 쉽게 알아볼 수 있었다.

"당신의 예지로 성하의 상황을 알 수는 없는가?"

"유감스럽게도 직접적으로 들여다보는 것은 불가능하다. 내가 그녀의 시선을 피하듯 그녀도 내 예지를 피할 수단을 갖고 있거든."

"그렇군. 하긴 조사님께서도 성하에게는 예지가 제대로 통용되지 않는다고 말씀하셨지."

"초대 백야문주는 예지 능력도 있었나?"

한서우가 놀라서 묻자 이자령이 고개를 끄덕였다.

'아, 그래서인가…….'

형운은 왠지 이제야 백야의 행동이 이해되는 기분이었다.

사실 백야의 행동은 굉장히 이상했다. 아무리 성하에 대한 책임감이 강하다 해도 당시에는 젊은 나이였고, 또 초대 백야 문주인 그녀를 의지하는 이들이 한둘이 아니었다.

그런데 그들 모두를 저버리고 수백 년 뒤의 미래를 대비하여 동면해 버리다니 성하에 대한 집착이 지나치지 않은가? 정상적인 사고방식을 가진 자라면 현재에 충실하면서 어쩌면 먼 미래에 찾아올지도 모르는 후손들이 맞설 수 있도록 대비했을 것이다.

그러나 그녀가 예지자였다면 그런 극단적인 선택도 이해할 수 있다. 성하를 쓰러뜨릴 정도로 신화적인 존재였던 그녀는 어쩌면 수백 년 뒤, 자신이 사라진 미래에서는 아무도 성하를 막을 수 없음을 알았을지도 모르겠다.

이자령이 말했다.

"그렇다면 무지함을 감안하고 칠 수밖에 없군."

"하지만 어떻게? 혹시 결계 밖으로 나가서 적을 불러들일 생각인가? 별로 현명한 생각이 아니라고 본다."

그런다고 해서 곧바로 성하와 여덟 수족이 나선다는 보장이 없다.

성하에게 복속된 설산의 요괴들이 몰려든다면 그들과 싸우느라 기력을 다 써버리고 말 것이다.

이자령이 고개를 저었다.

"아니, 그러지는 않을 것이다. 여덟 수족의 행적은 모르지만…….."

"여덟 수족 중에 만설군이라면 여기 오는 동안 잠깐 부딪쳤다. 이 녀석이 결계에 침입한 것을 알고는 잡으러 왔더군."

한서우의 말에 모두의 시선이 마곡정에게로 향했다. 갑자기 시선을 받아 움찔하는 마곡정에게 청륜이 짙은 안도감을 드러내며 말했다.

"…결계 속에서 그를 만나고도 살아남다니, 장하구나."

"아니, 저 혼자였으면 죽었을 겁니다. 혼마 선배와 자혼 선배가 와주셔서 살았죠."

마곡정이 고개를 절레절레 저었다.

그 말에 이자령이 눈살을 찌푸렸다.

"자혼도 와 있나?"

"아무래도 혼자서는 힘들 것 같아서 조력을 청했지. 이 자리로 불러도 되겠나?"

"이제 와서 내가 당신이 데려온 사람을 내칠 것 같… 아니, 그렇게 생각해도 무리가 아니군."

이자령이 쓴웃음을 지었다.

곧 자혼이 들어와서 여우 가면을 벗으며 인사했다. 그녀는 현숙한 중년 여성의 얼굴을 하고 있었다.

"백야문에서 이렇게 따뜻한 환대를 받는 날이 오다니 감개무량하네."

"도움을 주러 온 것에 감사한다."

"뭐 나야 공짜로 돕는 건 아니니 감사까지 할 건 없지. 그리고 여기 내 제자도 와 있어서 일을 안 받을 수가 없더라고."

자혼이 가려의 어깨를 안으며 말하자 이자령이 놀란 눈으로 가려를 바라보았다.

"자객이 되었단 말이냐?"

"그건 아냐. 난 자객업을 누구에게 물려줄 생각이 없는걸. 그저 내 무공의 전승이 나한테서 끊기는 게 싫어서 제자로 들였지."

"…그렇군."

이자령은 쉽게 납득했다. 그것은 자혼을 믿어서는 아니었다. 형운이라면 가려가 자객이 되도록 두고 보지는 않았을 거라는 믿음이었다.

곧 그녀가 물었다.

"만설군은 어찌 되었지?"

백야문의 영역에 들어왔을 때, 한서우와 마곡정은 부상 없는 몸이었고 뒤늦게 나타난 자혼 역시 마찬가지다. 아무리 셋의 전투 능력이 탁월하더라도 성하의 결계 속에서 대마수인 만설군을 상대하면서 상처가 없었다는 것은 그들이 격렬한 전투를 벌이지 않았을 것임을 추측하게 한다.

한서우가 말했다.

"멀쩡하다. 마존께서 유산으로 남겨주신 기물을 써서 잠시 발을 묶어놓고 빠진 것뿐이니까. 지금은 분해서 길길이 날뛰고 있을걸?"

"역시 그랬군."

"당신이 생각하는 바가 뭔가, 검후?"

"성하의 현재 위치는 안다. 천결봉 정상이지."

"그걸 어떻게 알았지?"

한서우의 예지로도 성하를 포착할 수 없었다. 그런데 어떻게 백야문에만 틀어박혀 있던 이자령이 위치를 알아냈단 말인가?

이자령이 이유를 설명했다.

"빙령께서는 이번 일에 대해서는 중립을 지키고 계신다. 더 이상 어느 쪽에도 특혜를 베풀지 않으시지."

백야문 입장에서는 가혹한 처사다. 빙령이 맹약자인 백야문에 힘을 빌려준다면 지금보다는 상황이 훨씬 나았을 것이다.

그러나 이자령은 그렇게 여겨서는 안 됨을 알고 있었다.

왜냐하면 이것은 빙령의 계약자들끼리의 싸움이기 때문이다.

빙령 입장에서 보면 성하는 악(惡)이 아니다. 그녀는 최초의 빙령지킴이였으며 빙령을 수호하고 설산의 미래를 지키고자 하는 일념으로 하늘에 오를 권리마저 내려놓은 존재다.

그러니 빙령은 백야문과 성하의 싸움은 각자 생각하는 바가 달라 충돌하는 것이라고만 여겼다. 그리고 빙령은 그저 둘이 살의를 갖고 충돌함을 슬퍼할 뿐 둘을 막을 강제력을 갖고 있지 않았다. 그저 어느 한쪽에게 자신의 권능을 내주지 않는 것이 할 수 있는 전부였다.

"하지만 우리와 성하 양쪽 모두 빙령과의 교감을 통해서 할 수 있는 일들이 있다. 그리고 우리에게는 성하보다 유리한 점이 하나 있지."

바로 백야문이 자체적으로 미숙한 빙령 하나를 보호하고 있으며, 이 빙령은 백야문에 소극적으로나마 힘을 빌려주고 있다는 것이다. 백야문의 결계도, 그리고 영약으로 식량 사정을 어느 정도 도와주는 것도 그래서였다.

"그래서 나는 성하가 천결봉 정상에 있다는 것과 그녀가 거대한 의식을 치르고 있다는 사실을 알 수 있었다."

"무슨 의식이지?"

"그것은 알 수가 없었다. 그래서 당신의 예지로 알 수 없나 물었던 것이지."

"그랬군."

한서우가 납득했다.

이자령이 말을 이었다.

"그 의식이 우리에게 득이 되는 것일 리는 없겠지. 의식을 마치기 전에 쳐야 한다고 생각한다."

"놈들이 알아차리기도 전에, 벼락처럼 빠르게 성하를 치자는 거군."

"그렇다. 다만 모두가 성하와 직접 전투를 벌일 수는 없다. 성하와 여덟 수족이 연계했을 때는 크나큰 상승효과를 낳을 테니 그것을 사전에 차단할 필요가 있지. 그리고… 당신과 자혼의 실력이 뛰어남은 알지만 성하와 싸울 때는 실력의 절반도 발휘할 수 없을 것이다."

"음……. 유감스럽지만 인정할 수밖에 없는 부분이네."

자혼이 투덜거렸다.

지금은 12월이라 설산의 추위도 거의 최고조에 달한 시기다. 눈과 얼음으로 뒤덮인 곳에서 버티면서 전투력을 유지하는 것만으로도 외부에서 싸울 때보다 훨씬 진기 소모량이 커진다.

하물며 이런 곳에서 성하 같은 존재와 싸우는 것은 알몸으로 눈사태에 맞서는 것과 다름없는 짓이다.

"조사님께서 성하에 대해 기록하면서 후인들에게 경고하시길… 빙백무극지경에 달하지 못했다면 목숨을 걸 자격조차 없다고 하셨지."

빙백무극지경은 백야문의 무공이, 아니, 모든 빙공이 추구하는 궁극의 경지라고 해도 과언이 아니다. 그러나 성하와 싸운다면 그것이 필수 조건이 되는 것이다.

"하지만 여덟 수족이라면 대마수라 할지라도 대적할 수 있겠지. 그러니 혼마, 당신은 여덟 수족을 유인할 별동대를 이끌어줬으면 한다."

"알겠다. 그렇게 하지."

"그리고……."

이자령의 눈길이 형운에게로 향했다. 그녀는 곧바로 입을 여는 대신 잠시 동안 형운을 바라보았다.

"부탁하마."

"물론입니다."

형운이 힘차게 고개를 끄덕였다.

이 자리에 모인 이들 중 빙백무극지경에 오른 자는 셋이다.

이자령, 청륜, 그리고 형운.

이들이야말로 성하를 상대할 핵심 전력이었다. 셋이 모였을 때의 상승효과는 어마어마할 것이며, 빙백무극지경에 도달하지 못한 자들에게도 성하와 싸울 힘을 부여할 수 있을 것이다.

"결전이다. 이 싸움으로 성하와의 악연에 종지부를 찍을 것이다."

이자령이 백야문도들을 보며 선언했다.

6

천결봉 정상에서 의식을 치르는 성하의 정신은 설산 전체의 영맥으로 뻗어 나가 있었다.

의식으로 인해 그녀가 펼친 광대한 눈보라 결계 안의 영맥이 맥동하고 있다. 마치 설산의 심장이 고동치는 소리를 듣는 것 같은 기분이 들었다. 자신의 심장과 설산의 심장이 함께 고동치는 일체감은 너무나도 황홀해서 이대로 정신을 놔버리고 싶었다.

그러나 그래서는 안 된다.

성하는 정신이 영맥에 녹아버리는 일이 없도록 감정을 불러일으켰다. 특별히 애쓸 필요는 없었다. 깨어난 이후 그녀는 늘 오만 가지 감정에 사로잡혀 있었으니까.

늘 분노하고, 늘 슬퍼하고, 늘 그리워했다.

지금 보고 있는 일과 먼 과거의 일이 똑같이 생생한 감정을 불러일으킨다.

인간이라면 미쳐 버릴 상황이었지만 방대한 성하의 정신세계는 그 모든 것을 포용하고 있었다.

'백야.'

성하는 먼 옛날의 일을 본다.

두 번이나 봉인당하기 전, 아직 설산의 신으로 군림하던 그 시절의 일을.

그날, 하늘에서 별이 떨어졌다.

그리고 자연적으로는 있을 수 없는 장대한 통곡의 메아리가 설산 전역을 덮쳤다. 그 안에 담긴 비통함과 애달픔은 설산의 모든 존재의 가슴을 울려, 아무런 일도 없는데도 마치 소중한 것을 잃은 사람처럼 눈물 흘리게 만들었다.

그 진원지로 간 성하는 두 구의 시신을 보았다.

'신의 권속들이구나.'

상잔(相殘)한 남녀는 신의 권속일 수밖에 없는 강대한 힘을 지닌 존재들이었다. 그리고 둘 다 같은 일족이었던 것 같았다. 인간과 닮았지만 인간이 아님을 알아볼 수 있는 특징이 뚜렷했는데, 거인이라고 할 만한 덩치의 여자에 비해 남자는 작고 연약해 보였다.

그러나 성하는 남자가 승자였음을 알아보았다. 비록 승리의 대가로 자신도 목숨을 바치기는 했지만, 대신 그가 품에 안고 있던 존재는 살아남았으니까.

서서히 빛으로 부스러져 가는 남자의 품 안에는 인간 갓난아기가 있었다.

그 아이를 보는 순간 성하는 심장이 거세게 고동침을 느꼈다. 죽은 남자의 의념이 생생하게 전달되어 왔다.

'이 가엾은 아이가 장성하여 자신의 운명을 찾을 수 있도록 돌봐주십시오.'

아이의 어미는 신화시대가 저물어가면서 영락한 신의 권속이었다. 그리고 아비는 인간의 몸을 빌려 강신한 신의 씨앗을 받아 태어났으며, 처음부터 그녀의 반려로 결정되어 있었던 운명의 도구였다.

둘 사이에서 태어난 아이는 결코 사랑의 결실이 아니었다. 어미는 영락한 신의 권세를 회복하기 위한 인신 공양의 제물로 삼으려고 아이를 낳았다.

끔찍한 광기의 소산이었다. 그리고 태생부터 도구로 운명 지어졌던 아비는 전력으로 운명에 항거하였던 것이다.

'보답으로 큰 힘을 드리겠습니다.'

신의 권속의 유해는 성하에게도 매력적이었다. 그러나 성하는 그저 탐욕으로 접근했다가는 파멸할 수밖에 없음을 알아보았다.

남자는 예지자였으며, 이곳에서 싸움을 마친다면 성하가 찾아오는 미래까지 보고 모든 것을 준비하였다.

성하는 호기심과 실리 모두를 따져서 그 제안을 받아들였다.

그 대가로 그녀는 신의 권속임이 분명한 자들의 시신으로부터 비롯된 힘의 일부를 받았다. 나머지는 남자가 지키고자 했던 갓난아기에게로 흘러들어 가 거대한 잠재력을 부여했다.

'인간이 필요하겠어.'

어쨌거나 계약을 했으니 지켜야 했다. 만약 계약을 어긴다면 그녀가 얻은 힘은 내부로부터 그녀를 상처 입히는 독소가 될 것이다. 신의 권속과의 계약을 나눴다는 것은 그런 의미였다.

하지만 인간의 아이를 돌보는 것은 그녀에게는 상상도 해본 적 없는 이야기였다. 사실 인간만이 아니라 그 어떤 종족의 아이라도 마찬가지라 그녀가 직접 아이를 돌본다고 하면 그것이 의무를 소홀히 하는 셈이었다.

그래서 성하는 왕다운 해결책을 내놓았다. 설산의 인간에게 아이를 돌보는 일을 맡긴 것이다.

이는 설산의 세력 구도에 커다란 변화를 불러일으킨다. 성하가 지금까지 전혀 관심을 두지 않았던 인간과 직접 접촉했다는 것만으로도 요괴들은 조심할 수밖에 없었던 것이다.

당시 인간들은 설산의 아홉 마을에 흩어져 살고 있었다. 그리고 그들 중 특출하게 강성한 세력을 자랑하며 중소 요괴 세력도 함부로 공격하지 못하는 곳이 있었으니, 그곳은 바로 조유진이라는 여성이 다스리는 마을이었다.

다른 인간 마을보다 훨씬 상황이 좋아 보였기에 성하는 그들에게 아이를 맡겼다.

그러자 조유진이 말했다.

'왕이시여, 감히 부탁드리고 싶은 것이 있사옵니다.'
'너는 별의 아이로구나.'

중년의 여성 조유진은 성운의 기재였다.

'그렇습니다.'
'별의 아이들은 인간 중에서는 영리하고 강하지. 좋다. 그 아이를 돌보는 데 필요한 것이라면, 들어주마.'
'감사합니다. 청하건대 왕께서 이 아이의 이름을 지어주셨으면 하옵니다.'
'이름을?'

고대에는 이름을 짓는다는 행위가 특별한 의미를 지녔다. 그리고 인간이 아닌 요괴에게는 더더욱 그랬다.

성하가 사물의 이름을 지으면 그것만으로도 그 사물이 요괴화한다. 요괴의 이름을 지으면 그것만으로도 요괴의 영격이 상승한다.

그러니 성하에게 있어서 작명이란 크나큰 무게감을 갖는 일이었다. 하지만 그녀는 조유진의 청을 거절하지 않았다. 그 또한 아이를 맡은 자로서의 책임이라고 여겼기 때문이었다.

'백야(白夜)라고 부르거라.'

그 순간부터 백야는 성하에게 있어서 단순히 계약의 대상이 아니라 운명을 지켜봐야 하는 애정의 대상이 되었다.

7

우우우우우우……!

과거를 회상하던 성하를 일깨운 것은 영맥의 진동이었다. 영맥에 잠겨 있던 그녀의 의식이 현실로 돌아왔다.

"…결국은 그런 선택을 하고 말았느냐. 인간은 언제나 똑같구나. 300년이 지나도, 다시 200년이 지나도 그 본성은 전혀 달라지지 않아."

성하는 놀라는 대신 증오 어린 눈으로 고개를 돌렸다. 그녀의 시선이 백야문 쪽으로 향해 있었다.

백야문의 결계 너머에서 성하가 결코 잊을 수 없는 존재감이 감지되고 있었다.

자신이 이름 지어준 자, 혈육처럼 사랑했던 백야의 존재감이었다.

제150장
설산대전

성운을 먹는자

1

해가 중천을 지나서 조금씩 기울기 시작했을 무렵, 백야문에서 한 무리의 인원이 밖으로 나왔다. 두 명의 남녀 백야문도와 두 명의 외지인 남녀, 그리고 온몸의 털은 물론이고 뿔까지 새하얀 사슴 영수로 이루어진 무리였다.

"놈들이 나왔다!"

"기다린 보람이 있군. 수도 얼마 안 되니 바로 덮쳐 버려!"

입구를 지키고 있던 요괴들이 신이 나서 달려들었다.

백야문도들이 나오기만 기다리고 있던 요괴들의 숫자만 70을 넘었다. 덩치가 제각각인 요괴들이 눈밭 위로 개떼처럼 달려드는 모습은 그 자체로 공포였다.

"일단 달려. 당장 앞에 있는 놈들만 깨부수고 돌파, 이후 따라붙는 놈들만 하나씩 줄인다."

빠르게 상황을 판단하고 지시를 내린 것은 흑의를 두른 남자, 한서우였다.

일행은 질풍처럼 달리기 시작했다. 요괴들은 반원형으로 그들을 포위한 채 다가오고 있었지만 일행의 돌진이 훨씬 빨랐다.

"크악!"

"이, 이놈들!"

한 박자 빠르게 돌진한 한서우와 서금척이 진행 방향에 있던 요괴들을 순식간에 박살 냈다. 그리고 뒤따라온 서하령이 양쪽 측면을 향해서 기공파를 난사하면서 일행 전원이 안전하게 돌파할 수 있는 상황을 만들었다.

"보통이 아니군! 하지만 쉽게 도망칠 수 있을 것 같으냐? 네놈들이 식량을 확보하기 전에 온 설산의 요괴들을 다 불러 모으게 될 거다!"

늑대인간 요괴 하나가 네발로 달려서 따라붙으며 외쳤다. 고위 요괴답게 지능이 높은지 무턱대고 달려드는 대신 거리를 유지하면서 다른 요괴들이 접근해 올 때까지 기다린다.

"그건 네가 걱정할 바가 아니지."

하지만 한서우가 갑자기 속도를 늦춰서 그를 덮쳤다. 허를 찔린 늑대인간 요괴가 팔을 들었지만…….

쾅!

폭음이 울리며 늑대인간 요괴의 팔이 끊어지고 목에 호쾌한

발차기가 들어갔다.

"크아……!"

늑대인간 요괴는 비명조차 끝맺지 못했다. 한서우가 쓰러지는 그의 가슴을 관수로 꿰뚫어서 심장을 끄집어냈기 때문이다.

스으으으으……!

재차 가속하는 한서우의 손에서 심장이 말라비틀어져서 부스러졌다. 흡성대법(吸星大法)으로 정기를 빨린 결과였다.

오로지 마인에게만 가능한 수법으로 기운을 얻은 한서우가 기공파를 난사했다.

콰광! 콰콰콰콰쾅!

잿빛 섬광이 사방팔방을 타격하며 요괴들의 돌진을 저지했다. 순발력이 뛰어난 놈들은 이리 뛰고 저리 뛰면서 거리를 좁히려고 했지만 소용없었다.

"크악!"

"뭐, 뭐야? 어떻게 이럴 수가!"

마구 난사한 기공파가 마치 그들이 피할 위치까지 예측한 것처럼 휘어져서 날아들었기 때문이다.

한서우는 허우적거리는 요괴들을 즐겁게 바라보며 다시 일행에게로 합류했다. 그러자 흰사슴 영수의 뿔이 빛나기 시작했다.

"가겠네! 영향권 밖으로 나가지 않도록 조심하게!"

쉬이이이이이!

돌풍이 일행을 감싸 안더니 질주하는 속도가 두 배 이상 빨라지기 시작했다. 이동속도를 가속시키는 술법이었다.

흰사슴 영수는 고위 영수이기는 해도 전투 능력이 높은 편은 아니었다. 그러나 영력이 뛰어나며 일행을 보조할 수 있는 특출 난 능력이 있었기에 함께 나온 것이다.

"백요선은 뭘 하고 있는 거야! 이러다 놓치겠어!"

성하의 여덟 수족 중 하나, 혈빙검이 다급해져서 외쳤다.

그녀의 제어를 위해 함께 붙어 다니는 여우인간 요괴 백안이 심드렁하게 말했다.

"서두를 필요 없다. 놈들이 어디로 가든 알 수 있을 것이고, 어차피 돌아올 곳도 뻔하니까."

"느긋하기는! 백야문도가 둘이나 있다고!"

"안다. 하지만 독 안에 든 쥐들을 못 잡는다고 안달복달할 필요가 없지."

백야문도들에게 집착하는 것은 혈빙검만이 아니라 백안도 마찬가지였다. 그의 경우는 원한 때문이었지만 어느덧 그 원한은 요괴로서의 숙원이 되어 그의 삶을 지배하고 있었다.

"흥! 네가 이 몸을 애타게 찾다니 별일 다 보겠군."

그렇게 쏘아붙이며 등장한 것은 헐렁한 도복을 입은 거구의 노인이었다. 풍성한 백발과 수염을 휘날리는 노인은 눈빛은 악귀처럼 혈광을 발했고 벌린 입으로는 맹수처럼 날카로운 이빨들이 번뜩거렸다.

그는 백요선. 혈빙검과 마찬가지로 본래는 사연 있는 물건이었다가 이 시대에 성하에게 이름을 부여받고 요괴가 된 자였다.

그리고 그는 혼자 온 것이 아니었다. 진예와 싸웠던 여자 거인 요괴와 설인 요괴를 대동한 채였다.

혈빙검이 퉁명스럽게 쏘아붙였다.

"필요할 때는 찾는 게 당연하지! 잔말 말고 가자고!"

"줏대도 없는 년 같으니."

후우우우우우!

백요선이 힘을 발휘하자 광풍이 휘몰아치며 요괴들을 하늘로 날려 보냈다. 그의 본신은 기환술사의 부채였으며 요괴가 된 지금은 바람을 일으키고 제어하는 능력을 갖고 있었다.

광풍을 타고 비행하는 다섯 요괴와 달리 만설군은 홀로 대지를 질주하고 있었다. 전력으로 달리는 것도 아닌데 다섯 요괴에게 뒤처지지 않는 속도였다.

문득 백안이 지상을 굽어보며 중얼거렸다.

"나머지는 다 떨어져 나갔군."

"당연하지. 내 술법의 속도를 따라올 놈들이 얼마나 있겠나?"

백요선이 코웃음을 쳤다.

확실히 그 말대로였다. 그들의 이동속도를 따라올 수 있는 요괴는 극소수였다.

그리고 그 극소수에 속하는 자들은 여덟 수족이 한자리에 모인다는 사실이 부담스러워서라도 끼지 않으려고 할 것이다.

"따라잡았다!"

혈빙검이 신나서 외쳤다.

흰사슴 영수의 술법이 효과를 다했는지 인간들의 속도가 눈에 띄게 느려졌다. 지상에서는 만설군이 이때를 기다렸다는 듯 도약해서 일행의 진행 방향 앞에 내려섰다.

쿠우우우우웅!

쌓인 눈이 폭발하면서 충격파가 일행을 덮쳤다.

"큭!"

일행은 질주를 멈출 수밖에 없었다.

그리고 멈추자마자 그들을 둘러싸듯 다섯 개의 그림자가 내려선다.

인간 여검사와 흡사한 모습을 한 혈빙검과 하얀 털의 여우 인간 요괴 백안, 백발과 수염을 휘날리는 노인의 모습을 한 백요선과 설인 요괴 거혼, 그리고 여자 거인 요괴 음빙까지.

우우우우우……!

대마수와 다섯 요괴가 발하는 기파가 어마어마한 압박감으로 화한다. 평범한 인간이라면 그 기파에 접하는 것만으로도 숨이 끊어졌을 것이다.

거대한 백곰, 만설군이 이를 드러내며 웃었다.

"영광으로 생각해라. 이 시대에 우리가 힘을 모아 싸운 것은 백야문주를 상대할 때뿐이었으니까."

"그 말을 들으니 별로 영광스럽지 않군. 내가 강호에서는 검후보다 선배거든."

심드렁하게 말한 한서우가 여섯 적의 면면을 살피고는 중얼거렸다.

"여섯이라. 하나하나의 존재감이 범상치 않은 것을 보니 너희들 모두 여덟 수족의 일원들이겠지?"

"잘 아는구나. 먹음직스러운 놈."

설인 요괴 거혼이 혀를 날름거렸다. 진예와의 싸움에서 중상을 입었던 그는 일행을 앞에 두고 맹렬한 식욕을 느끼고 있었다.

그러나 한서우는 눈썹 하나 까딱하지 않고 심드렁하게 말했다.

"설경은 움직이지 않았나. 동료들의 실력을 믿는 건지 아니면 다 죽어도 자기만은 성하를 지켜야 한다고 생각하는 건지 궁금해지는데?"

그러자 만설군이 이를 드러내며 웃었다.

"설마 우리 여섯만으로는 성에 차지 않는다는 소리를 하고 싶은 거냐?"

"잘 알아듣는군."

"하하하! 인간 주제에 오만함이 하늘을 찌르는구나! 네놈이 강하다는 것은 인정하지만 우리 여섯이 한자리에 모인 이상……."

"꽤나 호탕한 곰이네."

순간 나긋나긋한 목소리가 끼어들었다.

만설군이 흠칫했다.

휘이이이익!

그의 정수리부터 등 쪽까지 난 불꽃 같은 갈기털이 마치 채찍처럼 휘둘러져서 후방을 쳤다.

'허상? 내 감각을 속였단 말인가?'

하지만 아무것도 잡히지 않는다. 분명 목소리가 들리는 순간에는 그곳에 살기가 존재하고 있었는데…….

"크윽! 이게 감히!"

모두의 시선이 만설군에게 쏠린 순간, 백요선의 목에서 푸른 피가 솟구쳤다.

은밀하게 접근한 가려가 기습을 가한 것이다. 모습을 드러낸 그녀는 새하얀 옷과 재질을 짐작할 수 없는 투명한 가면을 쓰고 있었다.

챙!

그러나 그녀는 결정타를 가할 수 없었다. 혈빙검이 절묘하게 끼어들면서 방어했기 때문이다.

"백요선! 나한테 빚진 거다!"

"제길!"

의기양양한 혈빙검의 외침에 백요선이 이를 갈며 능력을 발휘하려고 했다.

투학!

윤곽만 겨우 알아볼 수 있는 투명한 기검(氣劍) 한 자루가 날아와 그의 방어막 위에 꽂혔다.

하아아아아…….

그리고 그 너머에서 나직한 노랫소리가 울려 퍼졌다.

"인간이면서 노래하는 영수의 힘을 지닌 자인가? 흥! 하지만 바람을 지배하는 내 앞에서 노래의 힘을 자랑하다니 그 어리석음을……."

백요선이 돌풍을 일으키려는 순간이었다.

아아아아아!

그의 방어막에 꽂힌 기검을 통해 폭발적으로 음량이 증폭된 노래가 덮쳐왔다.

'이, 이건……?

백요선이 바람을 제어하지 못하고 휘청거렸다.

기검을 소리를 증폭하고 제어하는 도구로 쓴 것이다. 그리고 비틀거리는 그의 앞에 서하령이 다가오더니 일장을 내질렀다.

폭음이 울리며 그의 몸이 날아가 버렸다.

"크악!"

방어막 위를 때림으로써 그 안쪽까지 충격을 전달한 것이다. 완성도가 극에 달한 친투경이었다.

"건방진 것! 소리로 장난치는 능력이 제법 뛰어난 것 같지만 내 눈앞에서는 소용없다!"

백요선과 교대하듯 백안이 칼날 같은 눈바람으로 몸을 두른 채 돌격해 왔다. 서하령이 기공파로 그를 쳤지만…….

쉬이이익!

눈바람 위에 투영된 환영이 관통당하고 약간 옆을 달리고 있던 실체가 빠져나오면서 한기덩어리를 쏘았다.

'소리의 결을 전부 파악하고 피하다니!'

서하령은 주변에 기검을 하나둘씩 전개하고 음공을 펼치고 있었다.

기검을 일종의 악기로 사용하여 호흡에 속박될 수밖에 없는 생명체의 한계를 초월한 소리를 다루는 것.

서하령이 나윤극의 천극무상검을 연구하여 얻은 깨달음이었다.

그런데 백안의 대응은 놀라웠다. 음공이 자아내는 소리의 결을 정확히 파악하고 효과가 약한 곳을 파고들면서 공격을 날려온 게 아닌가?

퍼어어엉!

서하령은 어쩔 수 없이 한기덩어리를 막아내면서 후퇴했다.

그 틈으로 여자 거인, 음빙이 얼음갑옷을 두른 채로 쫓아 들어왔다. 그러나…….

스컥!

허공에서 튀어나온 자혼이 그녀를 얼음갑옷째로 베고 지나갔다.

"큭!"

음빙은 경악했다. 베이기 직전까지는 공격당했다는 것을 알아차리지 못했다. 난전 중에 어찌 이럴 수가 있단 말인가?

"얕았네."

자혼이 혀를 찼다. 이 일격으로 치명상을 입히려고 했는데

음빙이 빙백무극지경의 능력으로 만들어낸 얼음갑옷이 생각
외로 단단했다.

역시 설산에서 빙설의 힘을 다루는 요괴들과 싸우는 것은
만만치 않다. 상대의 힘은 배가되는데 이쪽은 환경의 불리함
을 버텨내는 것만으로도 막대한 힘을 소모하게 되는 것이다.

우워어어어어!

그리고 그들의 뒤쪽에서 설인 요괴, 거흔이 진정한 힘을 개
방했다. 전신이 하얀 불길로 화하면서 원래부터 컸던 덩치가
정말 산처럼 거대해지고 요기가 폭증한다.

"으음! 조, 조심하게!"

흰사슴 영수가 외쳤다. 그는 전투 능력이 떨어지기에 일행
에게 냉기에 대한 저항력을 부여하고 적의 능력이 확산되는
것을 막는 데 전념하고 있었다.

그런데 거흔이 진정한 힘을 드러내자 그것도 쉽지 않다. 일
대의 냉기가 거흔의 지배하에 들어가고 있었다.

'그나마 만설군을 붙잡아두고 있는 게 다행이군.'

한서우가 만설군과 일대일로 격전을 펼치면서 그가 능력을
광범위하게 행사할 수 없도록 막고 있었다.

'백야문주의 제자들이여, 자네들이 힘을 보태주지 않으면
무너지고 말 걸세.'

이 상황에서 균형을 맞추기 위해서는 이자령의 제자인 주미
령과 서금척, 두 사람의 빙백설야공이 필요했다.

2

"꺄하하하하! 좋아! 재밌어!"

그리고 난전 속에서 혈빙검이 이자령의 셋째 제자 주미령을 정신없이 몰아붙였다.

서금척과 함께 빙설백검(氷雪百劍)을 전개하여 일대의 냉기를 지배하려던 그녀는 혈빙검을 막느라 아무것도 할 수가 없었다. 그녀가 전개한 빙백검에 혈빙검이 전개한 붉은 얼음검이 부딪치고, 그녀가 발하는 빙백설야공의 힘은 혈빙검이 발하는 냉기에 상쇄되었다.

"큭!"

그리고 서로의 능력이 부딪쳐 상쇄되면서 형성된 능력의 공백 지대에서 격렬한 검투가 벌어지고 있었다.

'요괴 주제에!'

주미령은 백야문도로서 굳건한 자부심을 지녔다. 그렇기에 요괴 주제에 마치 백야문도처럼 싸우고 있는 적을 상대하자니 울화통이 터질 것 같았다.

'전력을 다하는 게 아니야. 일부러 내 기파에 맞춰서 요기를 조절하고 있는 게 분명하다. 그런데도 이렇게 강해지다니, 인간도 아니고 요괴가 그 짧은 시간에 어떻게……?'

주미령은 이미 혈빙검과 싸워본 적이 있었다. 이자령에게 덤볐다가 나가떨어진 혈빙검을 주미령이 완전히 압도했던 것이 채 한 달도 지나지 않은 일이다.

그런데 그동안 혈빙검의 실력이 현격하게 올라갔다. 그동안 요기가 커졌다면 모를까 기술이 늘다니 어떻게 이럴 수가 있단 말인가?

콰핫!

어느 순간, 주미령의 집중력이 흐트러지면서 검이 튕겨 나갔다.

치명적인 빈틈이었지만 혈빙검은 공격을 가하지 않았다. 열기와 쾌락으로 불타던 눈이 한순간에 싸하게 식어버리더니 시시하다는 듯 말하는 게 아닌가?

"아무리 문주의 직전제자라고 해도 굶주림으로 쇠약해지면 이렇게나 시시해지는구나?"

"뭐라고?"

주미령이 발끈했지만 혈빙검의 지적은 사실이었다. 오랜 굶주림으로 쇠약해진 그녀는 전에 싸울 때만큼의 실력을 발휘할 수가 없었다. 남은 문도들이 모아준 진기도 허기와 쇠약함을 회복해 주진 못했다.

방금 전 집중력이 흐트러진 것은 어쩔 수 없는 육체적 한계 때문이다. 그녀에게는 장시간 집중력을 유지할 수 있는 체력이 없었다.

"됐어. 빠르게 죽이고 먹어줄게. 지금의 너는 시시하지만 그래도 네 영육을 취하면 나는 좀 더 이 시대의 백야문을 깊게 이해할 수 있을 테니까."

혈빙검의 요기가 한순간에 몇 배로 부풀어 올랐다.

지금까지는 주미령의 실력을 최대한으로 끌어내기 위해 조건을 맞춰주고 있었을 뿐이다. 요기를 완전 개방한다면 주미령을 압살할 수 있다는 확신이 있었다.

　과연 단번에 균형이 무너졌다.

　혈빙검이 전개한 핏빛 얼음검들이 더 커지면서 주미령의 빙백검들을 박살 낸다. 그리고 그녀가 발하는 냉기가 주미령의 영역을 침범해서 피부와 옷 위로 살얼음이 형성되기 시작했고……

　투학!

　신체 능력도 폭증하면서 주미령의 방어를 쉽게 헤집고 그녀를 날려 버렸다.

　"끝을… 어?"

　순간 혈빙검이 눈을 크게 떴다.

　푹!

　빙백검 한 자루가 그녀의 팔에 박혀 있었다.

　퍼어어어엉!

　그리고 미처 대응할 새도 없이 폭발해서 그녀를 날려 버린다.

　하지만 혈빙검은 별다른 타격을 입지 않았다. 그저 요기의 흐름이 잠깐 단절되었을 뿐이다.

　"할 일이 바쁜 거 아니었어? 일부러 놔둬줬는데."

　혈빙검이 요사스럽게 웃으며 자신을 공격한 남자, 서금척을 바라보았다.

서금척은 그녀를 노려보면서 말했다.

"사저, 교대합시다."

"금척아……."

"지금의 사저보다는 제가 이 요망한 것을 상대하는 데는 더 나을 겁니다."

서금척도 지난 며칠간은 굶주렸지만 주미령하고는 비교가 안 될 정도로 건강한 몸을 유지하고 있었다. 그리고 그와 주미 령의 무공 성취는 거의 엇비슷한 정도라 지금의 전투 능력은 훨씬 우위였다.

"후훗. 그래. 나도 팔팔한 사냥감 쪽이 훨씬 좋아. 조금 전에 는 크게 실망했거든."

차가운 검을 혀로 핥는 혈빙검의 눈은 다시금 희열로 불타 오르고 있었다.

주미령의 영육을 취할 기회를 놓쳤다는 아쉬움은 전혀 보이 지 않는다. 인간의 영육을 취하는 것보다 백야문도와 싸우는 것이, 자신이 보지 못한 그들의 가능성과 싸우는 것이 훨씬 더 중요하다.

혈빙검은 그런 요괴였다.

서금척의 사람 좋은 얼굴에서 악귀 같은 살기가 뿜어져 나 왔다.

"원하는 대로 죽여주마, 요괴."

"걱정 마. 쉽게 죽이지도, 죽어주지도 않을 테니까. 네 한계 가 어딘지 들여다봐 줄게."

혈빙검은 흥분 가득한 얼굴로 뛰어들었다. 다시 요기를 거두어들여서 능력을 일정 수준까지 낮춘 채였다.

"어?"

하지만 다음 순간 혈빙검은 경악으로 눈을 크게 떠야 했다.

파삭!

그녀의 몸이 갈라지면서 검푸른색의 피가 튀더니 순식간에 상처 부위가 얼어붙었다. 서금척이 아주 자연스러운 동작으로 그녀의 검을 걷어내면서 일격을 명중시켰기 때문이다.

"뭐야?"

혈빙검이 당황을 수습하기도 전에 검격이 연달아 살결을 베고 지나갔다. 그때마다 상처 부위가 빙결되면서 출혈이 막히고 몸이 안쪽부터 터져 나간다.

서금척이 얼음장처럼 싸늘한 목소리로 말했다.

"설마 네가 진짜 실력으로 사저를 꺾었다고 생각했나?"

아무리 뛰어난 고수라도 육신의 상태로부터 자유로울 수 없다. 설령 기공만을 겨룬다고 해도 그럴진대 격투전이라면 말할 것도 없다.

반응해야 할 순간에 반응할 수 없다. 피해야 할 것을 피할 수 없다. 버텨야 할 것을 버틸 수 없다.

그런 상황이니 주미령은 실력을 10분의 1도 발휘할 수 없다. 그런 주미령을 혈빙검이 그저 요기를 억눌러서 표면적인 조건을 비슷하게 맞추고 압도했다고 자만한 것은 크나큰 착각이었다.

"그렇구나!"

하지만 혈빙검은 거듭 공격을 허용하면서도 낭패감을 드러내는 대신 웃었다.

"너무 좋아! 네가 팔팔해서!"

혈빙검은 일부러 공격을 맞아주면서 태세를 바로잡기 시작했다. 인간이라면 중상을 입었을 공격조차도 경상으로 버텨낸 다음 순식간에 재생해 버리는, 요괴이기에 가능한 전법이다.

그러나 서금척은 조금도 동요하지 않았다. 서로의 검이 얽히는 순간, 그가 물 흐르듯 자연스럽게 무게중심을 옮기면서 발차기로 혈빙검의 옆구리를 걷어찼다.

"아!"

완전히 서금척이 의도한 대로 움직였다. 혈빙검이 그 사실을 깨달았을 때는 한발 늦었다.

콰직!

그녀가 튕겨 날아가는 지점에 대기하고 있던 두 자루의 빙백검이 목과 심장을 깊숙이 관통했다. 그리고 그로부터 극음지기가 터져 나오면서 몸을 안쪽부터 동파(凍破)시켰다.

"네가 한 짓을 생각하면 지옥 같은 고통을 주고 싶지만……."

서금척은 활화산 같은 분노에 사로잡혀 있었다.

혈빙검은 주미령이 당황할 정도로 단기간에, 요기가 성장하는 게 아니라 기술이 급격하게 향상되었다. 그 사실이 의미하는 바는 단 한 가지였다.

백야문도들을 죽여서 그 영육을 취한 것이다.

그녀의 본질을 생각하면 백야문도들의 영육을 취하는 것은 단순히 힘을 성장시키는 것에 그치지 않았을 것이다. 그들이 단련으로 새긴 지식과 기술까지도 자신의 것으로 만드는 행위일 터.

용서할 수 없었다.

"온전히 죽일 수밖에 없다는 것이 원망스럽다!"

서금척의 검이 혈빙검의 머리통을 두 동강 내고 목 안쪽까지 꽂혔다.

그런데 그때였다.

─너 정말 멋지다.

머리가 쪼개진 혈빙검의 목소리가, 육성이 아니라 의념으로 들려왔다.

콰직!

"커억……!"

서금척이 신음했다. 혈빙검의 몸 안쪽에서 솟아난 핏빛 얼음칼이 그의 복부를 찔렀기 때문이다.

"금척아!"

빙설백검을 전개하여 일행을 돕던 주미령이 다급히 외쳤다.

"이 더러운 요괴!"

서금척은 자신을 찌른 핏빛 얼음칼을 분질러 버리고는 검을 치켜 올리려고 했다.

하지만 안 된다. 쪼개진 혈빙검의 몸이 그의 검을 단단히 붙잡고 있었다.

쉬이이익!

그리고 혈빙검의 검만이 살아 있는 것처럼 움직이면서 그의 목을 노렸다. 아슬아슬하게 피하자 주변의 핏빛 얼음칼들이 일제히 날아든다.

"하아아아아!"

서금척은 검을 포기하고 빙백검을 잡고 세차게 휘둘렀다.

그 앞에서 혈빙검이 서서히 자세를 바로잡는다. 서금척의 검을 뽑아내더니 쪼개졌던 몸을 다시 붙여서 원래의 모습으로 돌아간다.

"아, 요기를 제법 많이 잃었는걸. 하지만 그 정도면 서로 비슷하게 주고받은 거 같지 않아?"

순식간에 멀쩡해진 혈빙검을 보며 서금척이 이를 갈았다.

'저 몸은 요기로 이뤄진 인형이나 다름없구나!'

인간과 흡사한 모습을 하고 있는 데다 요기를 발하는 핵도 몸 안에 있어서 깜빡 속아 넘어갔다. 그녀가 검요(劍妖)이기는 하지만 어니까지나 인간과 비슷한 모습으로 둔갑해서 검을 쓰고 있는 것이라고 착각했던 것이다.

하지만 아니었다. 혈빙검은 요기 대부분을 본체인 검이 아니라 저 육신에다 두는 강수를 두면서까지 적을 속여 넘겼다.

"그 수법은 다시는 안 통한다……!"

서금척은 상처의 고통을 버텨내면서 으르렁거렸다.

고위 요괴인 혈빙검과 달리 인간인 서금척에게 복부 관통상은 치명상이 될 수도 있다. 게다가 상처 부위를 통해서 침투한 혈빙검의 요기가 진기의 흐름을 흐트러뜨리고 있는 것도 문제였다.

　서금척은 얼음으로 출혈을 막아버리고, 기맥을 잠식하려는 혈빙검의 요기를 뽑아내면서 자세를 바로잡았다. 그런 그를 빤히 바라보고 있던 혈빙검이 문득 생각지도 못한 행동을 했다.

　빼앗았던 서금척의 검을 던져준 것이다.

　검을 받아 드는 순간 기습하려는 속셈인가 싶었더니 그것도 아니었다.

　"무슨 속셈이냐?"

　"그야 네가 전력을 다해줘야 하니까. 이 정도 여유를 줬으니 슬슬 내 요기도 몰아냈지?"

　혈빙검이 하얀 이를 드러내며 웃었다.

　서금척은 어이없어하거나 분노하지 않았다. 알고 있기 때문이다.

　혈빙검은 오만한 것도 아니고 서금척을 농락하려는 것도 아니다. 전투의 유리함보다도, 서금척을 죽여서 영육을 취하는 것보다도 전력을 다하는 서금척과 싸우는 것에 집착하기에 그렇게 했을 뿐이다.

　등골이 서늘해지는 집착이었다.

　우우우우우!

　혈빙검이 단번에 요기를 최대치까지 개방했다.

아까 전에 서금척에게 농락당했던 것은 요기를 제약하고 있었기 때문이다. 서금척이 그녀가 요기를 개방할 여유를 주지 않고 몰아붙여서 승리를 취했던 것이다.

하지만 이제 서금척은 부상을 입었고, 그녀는 상당한 요기를 잃었지만 아까 전보다 압도적인 전투 능력을 발휘할 수 있었다.

"자, 그럼 다시 해볼까?"

신이 나서 웃는 혈빙검에게 서금척이 숨을 고르며 중얼거렸다.

"영연, 지아, 현애, 시훈……."

줄줄이 스무 개가 넘는 이름을 늘어놓는다. 표정이 묘해지는 혈빙검을 보며 서금척이 물었다.

"…이 중에 네가 아는 이름이 몇이나 있지?"

"여섯 명."

혈빙검은 즉시 대답하며 요사스럽게 웃었다.

서금척이 이를 악물었다. 그의 눈에서 흉악한 살기가 뿜어져 나왔다.

혈빙검은 그런 그를 도발하듯 말했다.

"그들은 내 일부가 되었어. 네 말을 들으니 떠오르는군. 그들이 네게 배운 것들, 네게 품은 감정……. 그거 알아? 현애는 너를 좋아했어. 나중에 커서 너한테 시집간다고 절대 다른 사람이랑 혼인하면 안 된다고 장난처럼 말했던 거, 진심이었……."

"닥쳐!"

서금척이 맹수처럼 울부짖으며 뛰어들었다. 상처 입었다고는 믿을 수 없는 기세로 폭풍처럼 혈빙검을 몰아친다.

방금 전에 그가 말한 이름들은 그가 없는 동안 죽은 백야문도들의 이름이었다.

동문 선배들이 있는가 하면 후배들도 있었다. 그리고 그가 교관이 되어 가르친 풋내기들도 있었다.

"그럼 안 되잖아. 네가 현애와 영연에게 가르쳐 준 거, 잊었어?"

파앗!

마치 바람에 하늘거리는 눈송이처럼 변화무쌍한 궤도를 그린 혈빙검의 검격이 서금척의 옆구리를 베고 지나갔다.

"언제 어느 때라도 냉정해야 한다. 귀에 못이 박히도록 그런 가르침을 중시하던 양반이 자기 말도 지키지 못하다니, 내 안의 현애가 실망……."

파학!

혈빙검의 말은 끝까지 이어지지 못했다. 환상처럼 혈빙검의 검세를 거슬러 올라온 서금척의 검이 가슴에 깊숙한 검상을 남겨두었기 때문이다.

피투성이가 된 옆구리를 빙결시켜 지혈시킨 서금척이 무섭도록 정련된 기운을 뿜어내며 말했다.

"악취를 풍기는 입으로 그 아이들의 삶을 나불거리지 마라."

"역시 너는 최고야……!"

상처를 주고받은 둘이 재차 격돌하려는 때였다.

쿠구구구궁……!

갑자기 대지가 거세게 뒤흔들리며 눈이 허공으로 말려 올라갔다.

"뭐지?"

성하의 수족들이 다들 경악했다.

그러자 만설군과 대치하던 한서우가 싸늘하게 웃으며 하늘을 가리켰다.

"너희들의 무덤이 될 감옥이 완성되었다."

순간 하늘이 뒤집어졌다.

태양의 위치가 반전되면서 그들이 보고 있던 풍경이 빙글 돌았다. 그리고 그 짧은 시간 동안 급격하게 풍경이 변해가는 게 아닌가?

백안이 불신을 드러내며 중얼거렸다.

"환영인가? 내 눈을 속일 정도로 정묘한 환영이라니 그럴 리가……."

만설군이 경악 가득한 목소리로 부정했다.

"아니다! 이건 설마 공간을 바꾸는 진법인가?"

"대마수답게 제법 안목이 있군. 바로 맞혔다."

"어떻게 인간이 이런 진법을… 고작 200년 동안 인간의 기술이 신의 권능마저 재현할 수 있게 되었다고?"

대마수인 만설군은 무턱대고 권능을 휘두르는 것이 아니라 그것을 활용할 수 있는 술법에도 능했다. 그렇기에 지금 일어난 일이 얼마나 터무니없는지도 알 수 있었다.

아니, 사실 그것은 본질을 파악할 것도 없이 믿을 수 없는 이적이었다.

혹독한 추위를 자랑하는 한겨울의 설산에 있던 그들이 파릇파릇한 봄날 들판에 와 있었으니까!

"입장이 바뀐 기분이 어때?"

서하령이 미소 지으며 물었다.

조금 전까지만 해도 성하의 수족들이 우위를 점하고 있었다. 그들 하나하나가 강력한 데다 한자리에 모이면 강력한 상승효과가 일어나기 때문이기도 하지만 가장 근본적인 이유는 전장이 한겨울의 설산이라는 점이었다.

그러나 그 유리함과 불리함이 한순간에 반전되었다.

"정말로 이렇게 되다니……."

흰사슴 영수가 경악 가득한 목소리로 중얼거렸다. 놀란 것은 아군도 마찬가지였던 것이다.

한서우가 만설군을 보며 말했다.

"네가 봉인 속에 찌그러져 있는 동안 세상에는 환예마존이라 불리는 위대한 천재가 나타났었지. 이것은 그분의 유산이다."

그의 몸에서 어둠이 들불처럼 일어나기 시작했다.

3

진법이 발동하는 순간, 그 자리에 있던 존재들이 흔적도 없이 자취를 감추었다. 마치 이 세상에서 사라져 버린 것처럼.

모습만이 아니었다. 그들의 기파마저도 더 이상 탐지할 수 없게 되었다.

"무슨 일이 일어난 것이냐?"

성하가 경악했다.

언제나 곁에 있는 것처럼 느껴졌던 수족들의 기척이 사라졌다. 있을 수 없는 일이었다. 그녀가 영혼 깊숙한 곳으로부터 연결된 수족들을 느낄 수 없게 되다니?

─적들과 함께 사라졌습니다.

설경도 당황하기는 마찬가지였다.

성하가 의식에 집중하고 있는 동안 설경은 설산 전역을 살피는 역할을 하고 있었다. 눈폭풍 결계로 가둔 광활한 영역 안에서 그의 눈을 피할 수 있는 것은 아무것도 없었다.

그런데 놓쳐 버렸다. 그것도 빤히 바라보는 도중에 사라져 버린 것이다.

성하의 눈이 고요하게 가라앉았다. 수족들이 적들과 함께 소실된 지점의 영맥을 살핀 그녀가 말했다.

"놀라운 술법이군. 신통력으로 한 것도 아니고 순수한 술법으로 이런 일을 할 수 있는 자가 있다니… 내가 봉인되어 있는 동안 인간의 능력이 이토록 위험한 수준까지 이르렀는가?"

성하는 그곳에서 일어난 일을 어렴풋이 짐작하고는 놀람을 금치 못했다. 기나긴 그녀의 삶을 돌아봐도 신의 권능을 쓰지 않고 이런 일을 해낸 인간은 아무도 없었다.

'만약 이 술법을 펼친 자가 나와 대적하기 위해 와 있다면… 그렇다면 어려운 싸움이 될지도 모르겠구나.'

오싹한 기분이 들었다.

그녀가 봉인되어서 정체되어 있는 동안 인간들은 무서운 속도로 진보하고 있었다.

만약 진실을 알았다면 그녀는 안도했을 것이다. 환예마존 이현은 시대를 아득히 앞서간 초인이었다. 아직 이 시대의 기환술은 그가 이룩한 성취를 따라잡지 못했으며, 그 자신조차도 그것을 다른 이들에게 전수할 수 있도록 이론화하지 못하고 죽었다.

한서우가 성하의 수족들과 함께 사라진 것은 이현의 유산을 사용했기 때문이다. 그가 형운을 통해 분배받은 이현의 유산 중에는 공간을 다루는 권능이 깃든 기물들이 있었고, 한서우는 한번 소모하고 나면 더 이상 보충할 수 없는 그것들을 중요한 싸움에 임할 때만 투입하고는 했다.

"이런 노림수를 숨기고 있었느냐. 제법이로구나."

문득 성하가 백야문 쪽으로 시선을 돌리며 중얼거렸다.

백야문 쪽에서 새로운 무리가 나오더니 맹렬한 속도로 질주하기 시작했다.

'나의 수족들아, 잘 버텨내 다오.'

성하가 그 선두에 선 인물을 보는 순간, 그 인물도 성하를 바라보았다.

"신안(神眼)을 가진 인간, 형운이라고 했더냐?"

"기억해 주다니 영광이군. 곧 갈 테니까 기다리시지."

형운이 일행의 선두에 서 있었다.

후우우우우!

수십의 얼음여우들이 춤추면서 주변의 넘쳐흐르는 음기를 장악해 간다. 휘몰아치는 눈보라가 형운과 그를 따르는 일행들을 위한 아군으로 화하면서, 달려들던 요괴들과 마수들이 추풍낙엽처럼 쓰러져 갔다.

아까 전, 한서우가 이끄는 일행과는 비교가 안 되는 돌파력이었다. 가속이 붙은 그들은 마치 눈사태처럼 가로막는 자들을 치어서 뭉개 버리면서 돌진하고 있었다.

화력의 차이였다.

한서우 일행과는 달리 형운 일행에는 한겨울 설산에서 능력이 극대화되는 인물이 셋이나 있는 것이다. 백야문을 포위한 요괴들 전원이 힘을 모아서 대항한다 해도 압살할 수 있었다.

쿠콰콰콰콰!

일순간에 포위망을 돌파, 가속하는 형운 일행을 보며 성하가 말했다.

"설경, 불청객들을 맞이할 준비를 하자꾸나."

─놈들에게 불경함의 대가를 치르게 하겠습니다.

설경이 마기를 개방하자 폭풍 같은 기파가 수십 리 저편까지 퍼져 나갔다

200년 전에도, 500년 전에도… 그리고 그보다 훨씬 오래전부터 성하를 섬겼던 설경은 똑같이 대마수라 불리는 만설군보다도 월등한 힘을 지녔다.

거센 눈폭풍이 휘몰아친다.

광활한 결계와 마찬가지로, 아니, 그 이상으로 농축된 한기 폭풍이 형운 일행을 덮쳤다.

쿠구구궁! 쿠우우웅……!

한 발 한 발이 인간을 죽이기에 충분한 위력의 커다란 우박들이 수천수만 개나 쏟아진다. 그리고 그 사이사이로 성인 장정보다도 몇 배는 큰 얼음덩어리들이 빠른 속도로 내리꽂혔다.

"맙소사!"

형운의 뒤쪽에서 달리고 있던 마곡정이 비명을 질렀다. 그가 영수의 힘을 개방하려는 순간, 진예가 가로막고 나섰다.

"힘을 아껴두세요. 제가 먼저 하겠습니다."

그녀의 눈이 빛나면서 빙설백검이 전개되었다. 얼음여우들 사이로 빙백검이 출현하면서 일행을 지켜주는 냉기의 규모가 급속도로 커져간다.

천결봉을 중심으로 휘몰아치는 눈폭풍에 형운 일행을 중심으로 일어난 한기폭풍이 부딪친다. 규모는 훨씬 작지만 좁은 영역에 집중된 힘이 자신들을 가로막는 기류를 칼날처럼 가르면서 돌진할 영역을 만들어냈다.

쿠콰아아앙! 콰아앙……!

연달아 커다란 얼음덩어리들이 날아들지만 일행은 그것을 효과적으로 방어해 내면서 달렸다. 빙백무극지경의 힘으로 제어하는 기류의 힘이 경공을 가속시키니 험난한 지형조차도 감속 요인으로 작용하지 않았다.

마곡정이 외쳤다.

"젠장! 아무리 대마수라고 해도 이런 거리에서 이런 짓을 하다니 이게 말이 돼?"

천결봉 아래쪽까지의 거리는 아직도 25리(약 10킬로미터)는 남았다. 그리고 천두산과 필적하는 천결봉의 높이는 20리(약 8킬로미터)에 가까울 정도다.

그런데 그 정상, 아니, 그보다 더 높은 상공을 날고 있는 설경이 주변을 눈폭풍으로 감싸고 일행에게 수백 명의 정병도 죽여 버릴 수 있는 맹공을 퍼붓고 있는 것이다. 아무리 그들이 자신의 힘을 극대화시키는 환경에 있다고 해도 믿을 수가 없었다.

"확실히 뭔가 있어."

형운이 중얼거렸다.

일월성신의 눈에 설경의 실체가 보인다.

'저거 설마… 고래인가?'

청해군도에 가서 청해궁에 머무는 동안 가장 거대한 바다짐승이라는 고래를 본 적이 있다. 영수나 요괴처럼 특별한 힘을 지니지도 않은 존재가 그토록 거대할 수 있다는 사실이 경이로웠다.

구름 너머를 날고 있는 설경의 형상은 그 고래를 닮아 있었다. 다만 형운이 본 고래 중에 가장 큰 개체와 비교해도 압도적인 거체다. 몸길이가 70장(약 210미터)을 넘는 새하얀 거체 위로 암석과 얼음이 달라붙어 있는데, 온갖 전설적인 존재를 보아온 형운조차 압도될 수밖에 없는 크기였다.

성하가 말을 걸어왔다.

"너희 중에 그자가 있는 것 같지는 않군. 설마 혼마 한서우에게 그런 능력이 있었던 것이냐?"

"글쎄."

둘은 머나먼 거리를 격하고 대화를 나누는 것이 자연스러웠다. 성하가 형운을 보면 형운도 성하를 본다. 전음도, 술법도 필요 없이 그저 말하기만 하면 바로 앞에 있는 것처럼 자연스럽게 전달된다.

일행은 형운, 마곡정, 대영수 청륜, 설산검후 이자령, 그녀의 첫째 제자인 이연주와 막내 제자 진예까지 여섯 명이었다.

성하의 여덟 수족을 유인하는 별동대보다 수가 적어진 것은 극음지기를 다루는 능력이 강력한 자들만으로 엄선했기 때문이다. 뒤에 남은 백야문도들은 이자령을 따라서 결전에 임하는 이들에게 얼마 남지 않은 자신들의 전기를 몰아주고 탈진해 있었다.

가뜩이나 쇠약해진 상태에서 그런 짓을 했으니 그들은 이제 얼마 버티지 못할 것이다. 이번에 승부를 결하지 않으면 모든 것이 끝장이었다.

"나도 힘을 보태겠네."

청륜의 푸른 눈이 빛을 발했다. 빙백무극지경에 달한 대영수의 힘이 더해지자 일행을 감싼 한기의 힘이 폭발적으로 증폭되면서 주변을 집어삼켰다.

―으음……!

설경이 신음했다.

성하와 여덟 수족이 힘을 모으면 그 힘이 막대한 상승효과를 불러일으키듯, 형운 일행도 마찬가지였다. 빙백무극지경의 힘을 다루는 형운과 청륜이 힘을 합치고 진예가 거들자 그 상승효과가 설경의 지배력을 넘어서기 시작했다.

'앞으로 20리(약 8킬로미터)…….'

형운은 자신이 있는 위치에서 천결봉 정상까지의 직선거리를 쟀다.

별 의미는 없는 행동이다. 아무리 능공허도로 비행 가능하다고 해도 저 격렬한 눈폭풍을 뚫고, 그것도 저만큼이나 높은 천결봉 정상까지 도달하는 것은 무리니까. 상대는 위에서 공격하고 자신들은 아래서 방어한다는 지리적 불리함을 감수하고 산을 오르는 수밖에 없다.

―건방진 놈들!

일행이 일으키는 한기폭풍이 수십 장을 잠식하는 것을 본 설경이 분노했다.

그가 있는 높이로부터 뭔가 거대한 그림자가 떨어져 내리기 시작했다.

"저, 저거……!"

마곡정이 입을 쩍 벌렸다.

크기가 40장(약 120미터)도 넘는 거대한 빙산이 가속이 잔뜩 붙어서 날아드는 게 아닌가?

그것도 하나가 아니다. 시간 차를 두고 또 하나가 날아들고 있었다.

"이런 미친!"

산을 들어서 던지는 듯한 공격에 형운도 할 말을 잃었다. 이건 한기폭풍만으로는 도저히 막아낼 수 없다!

"내버려 뒀다가는 다 같이 뭉개질 거야!"

진예가 비명을 지르며 검격을 준비했다. 지금 위치에서는 아무리 가속해도 저것들의 낙하 충격으로부터 벗어날 수 없다. 어떻게든 쳐서 궤도를 틀거나 없애 버려야 했다.

하지만 형운이 그녀를 가로막으며 고개를 저었다.

"심검(心劍)으로는 안 됩니다."

심검이나 무극의 권으로 기화시키기에는 너무 컸다. 잘라서 쪼갤 수는 있을지 모르겠지만 그래봤자 착탄 지점을 미세하게 뒤트는 정도에 그칠 것이다.

"그럼……."

"제 자리를 부탁드립니다, 검후님!"

형운은 말과 동시에 운화로 날았다. 이자령이 곧바로 형운의 자리를 대신해서 한기폭풍을 유지한다.

두 번의 운화로 형운은 가장 먼저 떨어지고 있는 빙산을 지나쳤다. 그리고 설경이 그를 보며 조소하기도 전에 빛으로 화했다.

─무극천풍인(無極天風印)!

허공에 그어진 한 줄기 빛의 선이 빙산의 측면에 닿았다.

꽈아아아아아앙!

그리고 두발차기의 타격 지점으로부터 퍼져 나간 충격이 빙산을 뒤흔들었다.

"젠장! 역시 너무 큰가?"

빙산이 너무 커서 무극천풍인으로도 산산조각 낼 수가 없었다. 중간이 움푹 꺾이고 일부가 터져 나갔지만 그뿐이다.

그래도 궤도는 꺾어놓았다. 형운은 부서져 꺾이는 빙산 위에 올라타서 다른 하나를 바라보았다.

'저것도 일단 무극천풍인으로 꺾은 다음 광풍노격으로 역습을……'

─믿을 수 없을 정도로 재주가 뛰어난 놈이로군! 하지만 거기까지만 하거라!

설경의 외침과 함께 한 줄기 섬광이 형운을 강타했다. 극도로 응축된 한기의 격류가 스쳐 가는 것마저 얼려 터뜨리면서 쏟아져 간다.

콰아아아아아아!

일순간 하늘의 일부를 잇는 장대한 얼음기둥이 생성되었다.

그 길이가 20리(약 8킬로미터)를 넘는 어마어마한 얼음기둥은 오래 지속되지 못했다. 한쪽 끝단이 부서지며 떨어지고 있던 빙산에 연결되어 있었기 때문이다.

콰드득……!

섬뜩한 굉음이 울리면서 얼음기둥이 터져 나갔다. 그리고 폭발에 밀려났던 눈폭풍이 다시금 그 자리로 몰려들었다.

—크아악……!

그리고 설경의 고통스러운 비명이 천결봉을 쩌렁쩌렁 울렸다.

"설경?"

성하가 경악해서 설경을 올려다보았다.

구름 위를 날고 있던 설경의 그림자가 기괴하게 변해 있었다. 마치 몸 한쪽에 날카로운 빙산이 솟아난 것 같은 모양새로 기울어지는 것이 아닌가?

'공격이 거슬러 왔다? 도대체 어떻게?'

한 박자 늦게 그 과정을 파악한 성하는 혼란에 빠졌다.

형운이 빙산을 쳐서 궤도를 꺾는 동안 설경이 어마어마한 극음지기를 모아서 일거에 쏘아냈다. 일점에 집중된 그 공격은 무방비 상태로 맞았다가는 대영수라도 즉사할 수 있는 위력이었다.

그런데 그 공격이 형운에게 직격당하는 순간, 마치 시간이 되돌아간 것처럼 왔던 길을 되돌아가서 설경을 쳤다.

귀혁에게서 형운에게 전수된 심상경의 절예, 무극반극경(無極反極鏡)이었다.

—와, 왕이시여, 놈들이, 조심…….

한순간 의식을 잃고 추락하던 설경이 필사적으로 경고를 외쳤다.

그러나 한발 늦었다.

성하의 주의가 분산된 순간, 새하얀 섬광의 궤적 한 줄기가 눈폭풍을 뚫고 날아들었다.

아니, 날아든다는 표현은 적절하지 않다. 발하는 순간 이미 성하를 가르고 하늘 저편까지 꿰뚫고 있었다.

심검(心劍)이었다.

'나를 기화시켜 보겠다고? 우둔한 것! 이런 잔재주가 통용될 것이라고 보았느냐?'

20리의 거리를 격하고, 그것도 눈폭풍으로 인해 시야가 완전히 막혀 있는 상황에서 정확히 그녀를 쳤다는 점은 놀라웠다. 인간의 무예를 초월한 한 수라고 할 수 있으리라.

성하는 어떻게 그런 일이 가능했는지도 알았다. 이자령이 의식을 통해 계승한 백야의 신검(神劍)이 있기 때문이다.

하지만 성하를 상대로는 무의미한 공격이었다. 성하는 기화에 저항하기 위해 힘을 쓸 것도 없이 반격을 준비하고 있었다.

'아니?!'

다음 순간 성하가 경악했다.

눈을 한 번 깜빡할 정도의 시간 차를 두고 두 번째, 세 번째 심검이 완벽하게 똑같은 지점을 가르면서……

……!

거센 만상붕괴를 일으켰다.

'이건······!'

아무리 성하라도 자신의 체내에 해당하는 지점에서 만상붕괴가 발생했는데 무시할 수는 없었다.

강대한 요기로 자신의 존재를 지켰지만 그 바깥쪽, 천결봉을 감싸고 휘몰아치던 눈폭풍이 일거에 쓸려 나간다. 물리적인 영역만이 아니라 그 안에 깃들어 있던 술법의 힘까지 함께.

그리고 그 순간만을 기다렸다는 천공에서 빛이 번뜩였다.

─무극천풍인!

만상붕괴로부터 자신을 지키느라 행동이 묶인 성하에게 형운의 공격이 작렬했다.

꽈과과과과광!

성하를 중심으로 충격이 폭발했다. 천결봉의 표면을 타고 진동이 내달리더니 한 박자 늦게 눈과 얼음이, 그리고 암석이 깨져 나가면서 굉음이 울려 퍼진다.

'천재일우(千載一遇)! 이대로 끝낸다!'

육화한 형운이 충격파를 뚫고 전진했다.

그와 성하의 눈이 마주친다.

직후 형운의 일권이 그녀의 얼굴에 꽂혔다. 전력을 다한 맹공이 무자비하게 성하를 유린했다.

"하아아아아아!"

천공기심을 포함한 열 개의 기심이 거세게 맥동하며 막대한 힘을 부여한다. 걸음마다 대지가 뒤흔들리고 일권으로 산조차 부수는 힘을!

형운은 전신 기맥을 남김없이 개방하고 진기를 최고 속도로
가속시켰다. 일월성신의 그릇에 담긴 기운이 어마어마한 기세
로 소진되고 천공기심의 심상계에 저장되었던 기운이 그 자리
를 채운다. 그로써 무학의 이치를 초월한 강격이 폭포수처럼
이어졌다.

"너는, 역, 시……."

일격이 꽂힐 때마다 천둥소리 같은 굉음이 울려 퍼지고 있
었다.

그런데 그 속에서 성하의 목소리가 형운의 귀에 와 닿았다.

오싹한 한기가 등줄기를 타고 지나갔다.

허우적거리듯 뻗어오는 성하의 팔을 본 형운은 주저 없이
필살의 공격을 발했다.

―광풍수라격(光風修羅擊)!

형운의 팔이 성하의 팔을 뱀처럼 휘감아 부러뜨리고 손끝이
그녀의 심장을 꿰뚫었다.

4

"……"

일순 비현실적인 정적이 내려앉았다.

하지만 그건 아주 잠시였다. 충격파에 밀려났던 기류가 돌
아오면서 현실의 소리가 돌아왔다.

형운은 그 속에서 성하의 시선을 느끼고 있었다.

기괴한 일이었다. 성하의 얼굴이 참혹하게 뭉개지면서 안구도 박살 나버렸다. 그 얼굴 어디서도 눈을 찾을 수가 없었다.

그런데도 시선이 느껴진다. 다름 아닌 성하의 시선이.

'뭐지?'

심장이 쿵쾅거린다.

단숨에 전력을 쏟아낸 반동만이 아니다. 그의 본능이 공포를 감지하고 있었다.

형운은 곧 그 이유를 깨달았다.

'이래도…….'

인간과 흡사한 모습을 한 성하는 급소도 인간과 비슷했다. 뇌와 심장이 요기의 핵 역할을 하고 있었다.

형운은 그녀의 머리를 뭉개 버리고 심장을 꿰뚫었다. 그런데도…….

'…죽지 않는다고?'

그녀에게서 죽음의 징조가 보이지 않는다.

구구구구구……!

심지어 주변 지반이 흔들리면서 요기가 요동치기 시작한다.

형운은 전율하면서 필살의 비기를 발했다.

─쌍성무극혼(雙聲無極魂)!

적을 기화시키는 공격은 성하에게 통용되지 않는다. 그렇다면 그녀의 체내에서 두 가지 상반된 심상을 충돌시켜서 만상붕괴를 일으킨다. 아무리 성하의 생명력이 비현실적인 수준이라고 해도 만신창이가 된 채로 이 공격을 받으면 무사할 수 없다.

그래야만 했다.

'…어?'

형운은 순간 무슨 일이 일어났는지 알 수가 없었다.

무극의 권은 시공의 제약을 뛰어넘는 공격이다. 기화해서 표적을 치는 것은 동시적으로 이루어진다.

그러니 무극의 권으로 적을 쳐서 그 결과로 만상붕괴가 일어났다고 해도 그의 시야가 새하얗게 물드는 일 따위는 없어야 했다.

후우우우우……!

휘몰아치는 광풍이 시야를 가득 채운 섬광을 걷어낸다. 새하얀 서리가 바람의 윤곽을 적나라하게 드러내는 가운데 형운은 놀라운 광경을 보았다.

그림자가 보인다.

몸길이가 70장을 넘는 설경이 작아 보일 정도로 거대한 뱀의 그림자가.

"경탄하였다."

그러나 그것은 잠시였다. 그림자가 허물어지면서 그 속에서 성하의 목소리가 울려 퍼진다.

"인간이 신기는커녕 무기조차 없이 맨손으로 내 몸을 해하다니. 형운, 너는 내가 가늠할 수 없는 가능성의 산물이구나. 인정할 수밖에 없군. 네가 빙령이 뜻을 이룰 열쇠로 여길 만한 존재라는 것을."

형운은 그제야 자신이 천결봉에서 튕겨 나가서 떨어지고 있다는 사실을 깨달았다.

다중심상을 구현한 무극의 권으로 성하를 치는 순간, 알 수 없는 힘이 작용하면서 그를 강제로 육화해서 내던졌다. 그 사실을 깨달은 형운은 다급하게 자세를 바로잡았다.

"그리 허둥거릴 필요 없다. 길을 열어주마. 너는 내 앞에 서서 대화를 나눌 자격을 입증하였노라. 죄인들을 대동하는 것 정도는 너그럽게 허락하지."

그리고 휘몰아치던 눈폭풍이 갈라졌다. 눈으로 보면서도 믿을 수 없는 광경이었다. 분명 거센 기류와 한기가 건재한데 형운이 있는 방향만 갈라져서 성하의 앞으로 통하는 길이 되어 있었다.

'신화시대의 존재가 영락하지 않고 건재하면 이 정도란 말인가?'

형운은 압도당하고 말았다.

지금까지 몇 번이고 신화적인 존재와 싸워왔다.

괴령과 싸워 물리쳤고,

암해의 신의 야욕을 쳐부쉈으며,

광세천을 이 세상에서 몰아내었다.

하지만 이 정도로 막막한 기분이 드는 것은 처음이다. 완벽한 기회를 잡아서 자신의 모든 것을 다한 공격을 쏟아부었는데도 통하지 않다니?

괴령이나 암해의 신도 고대의 영웅들에 의해서 힘이 깎인 상태가 아니었다면 이렇게나 절망적인 존재였던 것일까?

"정신 차려라."

그런 형운을 일깨운 것은 이자령의 목소리였다.

그녀는 빙백검에 올라탄 채로 형운의 옆으로 날아와 있었다.

"귀혁이 너를 그렇게 가르쳤더냐?"

그 말에 멍청해져 있던 형운의 표정이 변했다.

자신이 욕먹는 것이라면 모를까 스승이 모욕당하게 할 수는 없다. 그런 마음이 약해지던 의지력을 바로 세운 것이다.

그런 형운의 눈을 바라보던 이자령이 작게 고개를 끄덕이고는 전음으로 말했다.

─저 오만함에 감사하도록 하자. 방금 전의 공방으로 우리는 성하의 막강함을 보았지만 동시에 취약함도 보았다.

형운은 의아해했다. 과연 성하에게 취약함이 있었던가?

이자령은 형운의 반응을 개의치 않고 말했다.

─그리고 우리에게는 그 취약함을 찌를 칼이 있다.

그 말에 형운은 괴령과 싸웠을 때를 떠올렸다.

그때도 막막했다. 괴령은 힘의 대부분을 봉인당한 채로도 너무나도 강건하여 아무리 공격을 때려 넣어도 타격을 줄 수가 없었다.

'그렇구나.'

생각해 보니 그때의 상황이 지금과 비슷했다. 최고의 기회를 붙잡아서 전력을 다한 공격을 넣어도 적에게 타격을 입힐 수 없었다는 점에서 말이다.

그리고 그때 중원삼국의 영웅들이 남겨준 신기가 있었듯 지금도 백야가 남겨준 신검이 있었다. 그것은 분명 신화시대의 존재라도 죽음에 이르게 할 수 있는 무기였다.

일행은 성하가 열어준 눈폭풍의 길을 따라서 천결봉 정상으로 향했다. 형운과 진예가 만들어낸 얼음발판이 그들을 태운 채로 무풍지대를 지나간다.

다가오는 그들을 바라보며 성하가 물었다.

"백야문주, 너는 정녕 알고 있느냐? 네가 믿고 있는 그 검의 정체가 무엇인지?"

"안다."

"그렇다면 스스로가 어떤 죄악을 저지르고 있는지도 알겠구나. 그런데도 그것을 쓰는 데 주저함이 없단 말이냐?"

"그분이 원하신 바였다. 그리고… 나 역시 대가를 치를 것이다."

성하와 이자령은 다른 이들은 알아들을 수 없는 문답을 주고받았다.

그리고 마침내 일행을 태운 얼음발판이 천결봉 정상에 도착했다.

그곳은 이미 형운의 공격으로 쑥대밭이 되어 있었다. 상승무공의 기술로 공격의 위력이 주변으로 분산되지 않고 성하에게만 집중되도록 했는데도 그렇게 된 것이다.

성하는 조금 전까지의 무참함은 흔적도 없는, 멀쩡한 모습으로 일행을 맞이했다.

순간 형운과 성하의 시선이 교차했다.

'아.'

형운은 성하가 자신의 내면을 들여다보았다는 사실을 알았다. 동시에 그녀의 내면이 보였다.

그녀의 본신은 조금 전에 보았던 그림자처럼 거대한 뱀이었다. 실로 용이 될 가능성을 품은 존재, 이무기라 불리기에 부족함이 없는 모습이다.

'내 공격은 산의 일부를 깎아낸 것에 불과했구나.'

형운은 그 사실을 깨닫고 전율했다.

성하의 지금 모습은 다른 요괴들이 인간으로 둔갑한 것과는 개념이 달랐다. 저것은 둔갑한 모습이라기보다는 본신과 이어진 화신에 가깝다.

즉 저 육신의 급소를 파괴한다고 해도 성하는 죽지 않는다. 하지만 타격을 입지 않은 것은 아니다.

다만 지금 형운이 입힌 타격은 인간으로 치면 한쪽 손목이 부러진 정도에 불과하다. 성하의 본신이 너무나 거대한 것은 물론, 그 강건함이 괴령과 마찬가지로 금강불괴라 부를 만하기에 그런 것이다.

'게다가 인간이 손목이 부러졌을 때와 달리 운신에 지장이 없지.'

그 사실을 알게 되자 아득한 절망감이 몰려왔다.

어째서 과거에 백야가 그녀를 두 번이나 쓰러뜨렸는데도 숨통을 끊지 못하고 봉인해 두는 것에 그쳤는지 이해가 갔다.

"…일월성신이라."

둘이 서로를 들여다본 것은 찰나였다.

성하는 형운의 내밀한 곳까지 들여다볼 생각은 없고 전투에 필요한 정보를 얻고자 했을 뿐이다. 형운이 자신의 정보를 얻는 것을 감수하고서라도 그럴 가치가 있다고 판단한 것이다.

"그 이름이 어울리는 몸이로구나. 영락한 신들조차도 탐한 몸이라니, 과연 빙령이 소망을 이룰 가능성으로 여길 만하다."

"무슨 소망을 말하는 거지?"

"답을 알고 있는 질문을 하는구나. 하긴 인간은 때로 그런 행동을 하더군."

"……."

빙령은 사람과, 그리고 짐승과 계약을 맺고 세상에 관여했다.

사람으로 하여금 자신을 지키고, 설산에 사는 존재들에게 그 뜻을 대변하고자 하였으니 그것이 백야문이다.

짐승으로 하여금 자신을 지키게 하였으니 그것이 바로 빙령지킴이다.

하지만 빙령은 이런 체제의 한계를 실감하고 자신을 온전히 담아낼 수 있는 그릇을 갈망했다. 더 이상 맹약자의 무력에 의존하지 않고 스스로를, 나아가서는 설산의 미래를 지킬 수 있기를 바랐다. 그리고 형운에게 자신의 분신체를 담아보는 것으로 그 가능성을 보았다.

성하가 하늘을 올려다보며 말했다.

"빙령의 희망을 꺾는 것은 가슴 아프지만 어쩔 수 없는 일이지. 언젠가는 그 소망 역시 내 손으로 이룰 것이다."

그녀는 이 순간에도 빙령의 속삭임을 듣고 있었다.

그 속삭임은 하나가 아니다. 그녀가 말하는 빙령이란 설산 곳곳에 있는 빙령 모두의 총의(總意)였다.

빙령이 여러 개체인 만큼 하나하나의 뜻이 모두 똑같지는 않다. 그들이 발생한 곳에 따라서, 어떤 존재와 교류해 왔느냐에 따라서 조금씩 다른 개성을 품고 있었다. 백야문의 비처에서 보호하고 있는 미숙한 빙령이 백야문도들에게 도움을 주고 있는 것만 봐도 알 수 있지 않은가?

성하가 이자령을 보며 말했다.

"백야문주여, 그 검을 손에 넣었으니 너는 이제 인간들의 입으로 전해져 온 이야기 이상의 진실을 알았을 것이다."

"……."

"백야, 그 아이는 존엄하고 아름다웠다. 스스로가 약자임을 호소하는 너희들을 위해 피 흘리며 싸웠지. 육신의 피가 흘러도, 마음의 피가 흘러도 한 번도 너희들을 원망하지 않았어."

성하는 그 시절의 감정이 떠올랐는지 지그시 눈을 감고 속눈썹을 파르르 떨었다.

"인간은 약자라는 이유로, 동족이라는 이유로 그 아이에게 자신들의 미래를 얻기 위한 희생을 떠넘겼다. 그 아이는 자신의 목숨을 걸었고, 그리고 남은 삶을 희생해 가면서까지 너희들을 지켰거늘……!"

백야에 대해서 이야기하는 성하의 목소리가 점차 격정적으로 떨리기 시작했다.

"그런데 그렇게 목숨을 다하고 죽은 그 아이에게 영면조차 허락하지 않고 시신의 피와 살로 검을 벼리게 하다니, 인간은 대체 얼마나 추악하고 잔혹해져야 만족할 셈인지 모르겠구나!"

그 말에 모두들 깜짝 놀라서 이자령을 바라보았다.

재질을 알 수 없는 저 검이 백야의 피와 살로 만들어졌다니?

'비유가 아니야. 저건 정말로 누군가의 피와 살이다.'

형운은 다시 그 검을 보는 순간 성하가 사실 그대로를 표현했음을 알았다.

영성을 지닌 존재는 누구나 신기를 받아들일 그릇이 될 수 있다. 그러나 그것을 제대로 담아내는 것과 오랜 시간 동안 보존하는 것은 그 자체로 기적의 영역에 속해 있다.

그렇기에 일월성신은 신들조차 탐하는 그릇이며, 성혼철만이 지상에 존재하는 물질 중에 유일하게 신기(神器)를 만드는 재료가 될 수 있었다.

하지만 신화적인 존재들은 때때로 세상의 이치를 초월하고는 한다.

백야도 그랬다. 그녀는 인간이면서 동시에 신으로서의 부분을 지녔던 존재다.

숨이 이어지는 한 하늘로부터 신기를 공급받을 수 있었고, 그것을 자신의 뜻대로 다룰 수 있었다.

그러나 그런 백야조차도 죽음을 피할 수 없었다. 200년 전, 성하와의 사투에서 또다시 승리한 백야는 그 대가로 스스로의 목숨이 다했음을 깨달았다.

그녀는 슬퍼했다. 훗날 성하가 다시 한 번 깨어난다면 설산의 존재들은 그녀를 감당할 수 없음을 예지했기 때문이었다.

그래서 백야는 사후의 안식을 포기했다. 자신의 시신을 설산의 정기가 모이는 만년설 속에 보존하고, 언젠가 성하가 깨어나면 그 피와 살로 성하를 상대할 신검을 벼려내기로 한 것이다.

자신의 삶부터 죽음까지, 모든 것을 다 내주는 희생이었다.

"사조님의 말씀을 전하마."

이자령은 그 검을 들어 성하를 겨누었다.

"사조님께서는 당신에게 서로의 운명을 끝까지 함께하지 못했음을 죄송하다고 하셨다. 그것이 당신에게 할 수 있는 유일한 성의였음에도 그러지 못한 자신의 부족함이 원망스럽다고."

"……."

그 말에 성하는 잠시 말문이 막힌 듯 가만히 서 있었다.

쿠구구구구……!

곧 발밑이 진동하기 시작했다. 마치 덮쳐오는 해일을 마주하고 있는 것 같은 느낌에 형운의 본능이 경고음을 발한다.

"어쩌면 그리도 어리석으냐."

그러나 탄식하는 성하의 목소리는 비통함에 차 있었다.

"네가 그리도 바보같이 착하니 죽어서도 눈을 감지 못하고 이용당하는 것 아니더냐."

광포한 눈보라가 울부짖기 시작했다.

천지가 경동하며 성하의 진정한 힘이 용트림한다. 전술적으로는 이 순간을 찌르고 들어가야 할 것이다.

하지만 모두 그 자리에 못 박힌 듯 꼼짝하지 못했다. 생전 처음 느껴보는 거대한 존재감에 압도당했기 때문이다.

"그래. 이 자리에서 모든 악연을 끝내자꾸나."

성하는 일행을 바라보며 오만하게 선언했다.

"더 이상 설산에 인간의 자리는 없을 것이다."

제151장
눈보라

성운을 먹는 자

1

그 순간, 설산의 모든 존재들이 숨을 삼켰다. 그들은 자연스 럽게 한 방향을 바라보았다. 설산의 수많은 봉우리들 중에서 도 가장 하늘에 가까운 천결봉을.

그곳에서 터져 나온 성하의 기파 때문이 아니었다. 그것과 는 비교도 안 되는 거대한 현상이 눈을 뗄 수 없게 만들었다.

그 현상은 기환진으로 격리된 다른 공간에서 격전을 치르고 있던 한서우의 예지까지 자극했다.

"이런……."

한서우가 숨을 삼켰다.

그의 공격을 맞은 만설군의 상처가 빠르게 나아가고 있어서 가 아니다. 그것은 이미 이 전투 중에 수도 없이 벌어진 일이었다.

혼원령의 예지가 찾아온다.

예지는 지금 이 순간까지도 있었다. 이 전투가 시작된 이래로 단 한순간도 끊기지 않고 그에게 유리한 상황을 제공해 왔다.

그러나…….

"우리가 처음부터 외통수에 몰려 있었단 말인가?"

예지로부터 성하의 모습을 감추던 장막이 걷히고 그 너머의 진실이 보였다.

그 진실을 확인한 한서우는 심장이 내려앉는 것 같았다.

그들이 최적이라고 판단한 공격 시기가 사실은 최악이었으며…….

'공격하지 않는 것 또한 최악의 선택이었다.'

최선의 선택지 따위는 존재하지 않았음을 알게 되었기 때문이다.

2

일월성신의 눈은 한없이 신의 눈에 가깝다. 그것은 사물의 본질을 꿰뚫어 보며, 자신을 보려고 하는 모든 시선을 거슬러 올라갈 수 있다.

하지만 그렇다고 해서 그 눈이 만능인 것은 아니다.

형운의 눈은 신의 눈에 가깝지만 신의 눈이 아니며, 또한 신화적인 존재들은 서로의 눈마저 가리고 속여 넘길 수 있었다.

그리고 성하는 이 시대에도 여전히 신화에 속한 존재였다.

그녀는 분명 쇠약해졌지만 영락하지 않았다. 때로는 신의 권속을, 때로는 신의 피를 이은 자를, 때로는 대행자의 몸으로 강림한 신조차 살해하며 설산의 신화시대를 종결시킨 자.

성하는 예지 능력을 갖지 못했지만 예지 능력을 피하는 법을 알고 있었다. 또한 신의 눈을 갖지 못했지만 신의 눈을 가리고 속이는 법을 알고 있었다.

"신기(神氣) 없이도 신의 권능을 거의 진품에 가까운 완성도로 구현하다니 정말 놀랐다. 오랜 세월을 살아왔지만 그런 인간은 오로지 너뿐이었느니라."

성하는 형운의 눈만을 가리켜 말하는 것이 아니었다. 오랜 세월을 살아온 그녀는 형운의 운화가 운룡족의 권능을 모방한 것임을 알아보았다.

"하지만 거기까지구나. 너희들은 현계의 존재가 신과 싸워 이긴다는 것의 참뜻을 모른다."

"……."

형운은 한 마디도 반박하지 못했다.

천결봉과 하늘이 빛으로 이어져 있었다.

단순히 시각적인 의미가 아니다. 이 자리에 선 모든 자들이 본능적으로 느낄 수 있었다.

이 자리는 더 이상 현계가 아니었다. 천계와 현계를 잇는 다리였다.

'맙소사……'

형운은 경악했다. 비로소 성하가 준비하고 있던 의식이 무엇인지 알 수 있었다.

그녀는 일시적으로 현계의 운명과 천계의 운명을 한데 묶어 이치를 초월하고자 하고 있었다.

신이 아니기에 신기를 지니지 못했으면서도 오직 그런 존재만이 할 수 있는 결과를 만들어낸다. 어쩌면 그녀가 하늘에 오를 권리를 부여받았다가 내려놓은 존재이기에 가능한 일일지도 모른다.

설경이 납득할 수 없을 정도로 막강한 권능을 휘두른 이유는 의식을 거행하는 그녀를 지키기 위해서 힘을 나눠 받았기 때문이었다. 힘의 일부를 나눠 받는 것만으로도 그만한 힘을 휘둘렀으니 이 의식으로 성하가 얻는 힘이 어느 정도인지는 가늠할 수조차 없었다.

"설마 너희와 싸우기 위해서 이 의식을 소모하게 될 줄은 꿈에도 상상하지 못했다. 경의를 표하마. 너희는 이곳에서 죽겠지만, 그 대가로 설산의 인간들은 모두가 굶어 죽을 때까지의 삶을 보장받을 것이다. 그것이 과연 그들에게 행운일지는 모르겠다만."

"설마… 이런 엄청난 힘을 고작 백야문의 결계를 걷어내기 위해서 축적하고 있었다고?"

형운이 불신을 드러내었다.

빙령이 자아낸 백야문의 결계는 분명 막강하다. 그러나 성하의 본질을 본 형운은 알 수 있었다.

그녀는 언제든지 그 결계를 힘으로 깨부술 수 있었다.

할 수 있는데도 하지 않았을 뿐이다. 그러니 그 일을 위해서 이 힘을 모으는 것은 이해할 수 없는 낭비였다.

성하가 물었다.

"어째서 이해하지 못하느냐?"

"무슨 뜻이지?"

"너는 빙령의 일부를 품은 존재다. 그런데도 내 선택을 이해하지 못하겠단 말이냐?"

그 말에 형운은 그녀의 진의를 이해했다.

만약 성하가 힘으로 백야문의 결계를 깨부쉈다면 백야문의 비처에 있는 빙령이 손상되었을 것이다. 성하는 빙령이 상처 입는 것을 용납할 수 없었기에 그렇게 하지 않았다.

그러면서도 이 싸움을 언제까지고 길게 끌고 싶지 않았기에 의식을 준비했다. 빙령을 상처 입히지 않으면서도 결계를 넘어 백야문도들을 공격하기 위해서.

성하의 신념은 굳건했다. 인간에 대한 분노와 원념을 쏟아내고 있는 지금도 빙령을 수호하는 자로서는 절대 타협하지 않았다.

"말이 길었구나. 그럼 시작해 보자."

성하가 말하는 것과 동시에 주변에 무수한 얼음가시들이 나타나기 시작했다. 천결봉 주변을 포위하는 그 얼음가시들의 수는 세는 것이 무의미할 정도로 많았다.

눈보라 속에서 흩날리는 눈송이만큼이나, 호우로 쏟아지는 빗방울만큼이나 많다. 이만한 수라면 화살처럼 쏘아내는 것만으로도 수천 명의 정병을 학살할 수 있으리라.

'온다……!'

형운이 이를 악물었다.

이미 주변 권역은 성하에게 장악되었다. 이 속에서 형운 일행이 능력을 펼칠 수 있는 영역을 확보하는 것만으로도 험난한 시련이 될 것이다.

'하지만 진짜 문제는 힘의 규모가 아니야.'

진짜 문제는 힘의 질이다.

형운은 성하의 본질을 보고도 이자령의 말대로 승산이 있다고 믿었다. 그 이유는 그녀가 가진 백야의 신검 때문이다. 예전에 괴령과 싸웠을 때 운룡족의 신기를 두른 형운이 그랬듯 저 검이라면 금강불괴처럼 단단한 성하의 몸을 두부처럼 가르고 큰 타격을 줄 수 있을 것이다.

하지만 성하가 감추고 있던 의식의 정체가 드러나는 순간, 형운은 자신들이 가진 유일한 우위가 무너져 버렸음을 깨달았다. 현계와 천계를 이은 이 공간 속에서 성하는 이치를 초월하는 신위로 일행을 압살할지도 몰랐다.

"걱정하지 말거라. 그러지 않을 것이다."

속내를 읽힌 형운이 흠칫했다. 성하가 자신의 내면을 살피는 기색은 없었는데 어떻게 된 일인가?

"그냥 들리는구나. 신들이 기도를 듣는 기분이 이러할 테지."

문득 형운은 광세천교가 파멸한 날, 광세천과 대화를 나누던 순간을 떠올렸다. 그때의 광세천도 형운의 내면을 들여다보지 않고도 생각을 읽어냈었는데 그와 같은 이치인 것일까?

"이 권능이 너희들을 직접 해할 일은 없을 것이다. 이 의식은 그런 의도로 거행되지 않았으니."

하늘을 올려다보는 성하의 몸이 서서히 빛으로 화하고 있었다. 마치 죽어가는 것 같은 모습이었지만 형운은 오히려 반대임을 알아보았다.

'강해진다? 아니, 이건… 뭔가 달라.'

일월성신의 눈이 그녀의 변화를 읽어냈다.

측량할 수 없을 정도로 강해졌던 요기가 더욱 강해져 간다. 하지만 형운은 그녀의 변화가 단순히 요기의 양이 팽창하는 것에 그치지 않음을 알아보았다.

보다 본질적인, 그리고 자신들에게는 치명적으로 작용할 변화가 이루어지고 있다.

형운은 지금이 바로 승부수를 던져야 할 때임을 깨달았다.

"검후님!"

형운은 그리 외치며 한기를 확장했다. 성하의 장악력이 워낙 강해서 얼음여우를 한 마리 늘리는 것조차 힘들지만 전력을 다해서 규모를 확장한다.

─하루살이 같은 것들, 인내심이 부족하군. 네놈들이 백번 살아도 보지 못할 기적 앞에서 이리도 폭급하다니.

설경이 그들을 비웃으며 능력을 펼쳤다. 형운 일행의 능력이 느릿하게 확장해 가던 것에 제동이 걸렸다.

그 순간 형운이 눈을 번뜩였다.

—무극설원경(無極雪源境)!

순간 눈에 보이는 모든 것이 새하얗게 변했다.

설산은 원래부터 눈과 얼음밖에 없던 혹한의 땅이다. 그리고 지금은 성하와 설경의 권능으로 눈보라가 휘몰아치고 있었기에 풍경의 변화는 두드러지지 않았다.

그러나 그 속에서 권능을 다루는 자들은 상황이 격변했음을 깨달았다.

—어, 어떻게 된 거냐?

설경이 경악했다.

공간을 지배하는 한기에 대한 주도권이 역전되었다. 형운으로부터 시공간의 제약을 초월해서 쏟아진 어마어마한 양의 극음지기가 주변으로 퍼져 나가며 성하와 설경의 지배력을 강탈해 버린 것이다!

주변에서 춤추는 얼음여우들의 수가 한순간에 200을 넘어서 계속해서 늘어나고 있었으며…….

"입장이 역전되었군."

싸늘하게 웃는 이자령의 주변에서 무수한 빙백검들이 생성되고 있었다.

한기를 다루는 자들끼리의 전투는 지배력을 다투는 과정이며 또한 규모의 싸움이기도 하다. 먼저 더 큰 규모의 힘을 다루는 자들이 지배하는 영역에 들어서면 철저하게 불리한 싸움을 강제받을 수밖에 없는 것이다.

그런데 형운의 무극설원경으로 그 입장을 뒤집어 버렸다.

분명 권능 그 자체만을 따지면 성하와 설경이 일행을 압도한다. 그러나 자신들이 깔아뒀던 판을 빼앗기자 당장 쓸 수 있는 자원 규모에서 압도적인 격차가 벌어지게 되었다.

이 상황을 타파하기 위해서는 더 무리해야 한다. 방금 전에는 1의 힘으로 할 수 있었던 일을 하기 위해 100의 힘을 소모해 가면서 격차를 좁혀야 하는데…….

"바라는 대로 악연을 끝내도록 하자."

형운 일행이 그것을 두고 볼 리가 없었다.

화아아아아아악!

형운을 중심으로 퍼져 나가는 한기파동이 이자령과 청륜과 연계하여 더욱 폭발적인 기세로 증폭된다. 그로 인해 발생한 눈폭풍은 일행에게는 어떠한 위해도 가하지 않고 오직 설경과 성하에게만 이빨을 드러냈다.

—크윽……!

설경이 신음했다.

빙백무극지경의 힘을 다루는 셋의 연계만으로도 설경을 압도했다.

형운이 다루는 힘의 규모는 심신이 만전일 때의 이자령을 능가했다. 그리고 백야로부터 계승한 신검을 쥔 이자령은 그런 형운을 능가하는 힘을 발휘했으며, 그리고 거기에 대영수인 청륜이 한 손 보태니 눈사태가 끝없는 비탈을 달리면서 무한히 증폭되는 것과 같았다.

게다가 그것으로 끝나지도 않았다.

진예와 이연주는 빙백무극지경에 이르지는 못했지만 백야문의 상승무공을 극한까지 연계하고 심상경에 도달한 무인들이었다. 둘 역시 서로 연계하면 대영수와 맞설 정도로 막대한 규모의 한기를 다룰 능력이 있는 것이다.

쿠콰콰콰콰콰!

수백 자루의 빙백검이 격류처럼 성하와 설경을 덮쳤다.

방어 위에서 한기가 폭발할 때마다 허공에 거대한 얼음의 궤적이 그려졌다가 부서져 나가길 반복한다.

그리고 모두가 막대한 규모의 힘을 제어하느라 전력을 다하는 동안 한 사람이 움직였다.

─설풍환무(雪風幻舞)!

마곡정이었다.

눈보라 속에서 수십의 분신을 만들어낸 마곡정이 형운이 쏘아준 빙백검을 타고 설경에게로 솟구쳤다. 빙백검의 격류를 막아내느라 정신없이 밀려나던 설경이 노성을 질렀다.

─청륜의 찌꺼기 따위가 감히 내게 덤벼보겠다는 거냐!

그의 주변에서 발사된 섬광이 마곡정에게 명중해서 격추시켰다.

"큰 똥 덩어리처럼 생긴 놈이 감히 우리 할아버지를 욕하냐!"

그러나 격추되는 것은 분신뿐이었다.

마곡정은 한기를 다루는 능력을 지녔지만 그것을 거대 규모로 다루는 데는 능하지 않았다. 무인으로서 성장하면서 한기를 다루는 능력 역시 성장했지만 그 점은 마찬가지였다.

대신 그는 한기를 좁은 영역에 집중하는 데 탁월했다. 그리고 아군이 다루는 힘을 받아서 쓰는 것에도!

형운 일행이 지배하는 눈보라가 그의 분신술의 완성도를 극한까지 높여주었다. 그리고······.

파악!

휘둘러진 도가 거대한 궤적을 그려내면서 설경의 몸에 기다란 상처를 만들어내었다.

─하잘것없는 놈이!

마곡정 입장에서는 집채만 한 상처였지만 몸길이가 70장을 넘는 설경 입장에서는 손을 베인 정도에 불과했다. 전신을 감싼 한기가 폭발하면서 그를 날려 버렸다.

"마구잡이로 발산할 줄밖에 모르는 힘이 통용될 것 같냐!"

마곡정은 설경이 한기를 폭발시키는 순간 스스로 도약해서 충격을 줄였다.

그리고 형운이 보내준 빙백검들을 날려서 자신이 설경에게 만들어준 상처 부위에다 꽂아 넣었다.

─크윽······!

"비명 지르기에는 일러!"

그리고 남은 빙백검을 타고 뛰어들면서 혼신의 도격을 내리찍었다.

꽈아아아아앙!

폭음이 울려 퍼지며 일순간 설경의 몸이 한쪽으로 푹 꺼졌다.

그만큼이나 큰 충격이었다. 빙백검을 정처럼 박아 넣고 그 위에 일격을 때려 넣어 폭발시킨 것이다.

─이노옴… 크아아악!

게다가 그렇게 허점이 드러나는 순간, 겨우겨우 방어하고 있던 빙백검 무리가 그를 강타하며 폭발했다.

콰콰콰콰콰……!

연달아 한기파동이 폭발하면서 설경의 몸이 얼어붙어 가고, 그만큼 일행이 부리는 힘이 강해져 갔다.

이 순간, 일대의 모든 극음지기가 형운 일행의 통제에 들어왔다.

"선풍권룡!"

신검을 쥔 채로 명상하듯 눈을 감고 있던 이자령이 외쳤다.

그러자 힘을 축적하고 있던 형운이 전방을 향해 최대 출력의 기공파를 발했다.

─광풍노격!

해일 같은 섬광이 공간을 뚫고 성하에게 질주했다.

콰아아아아아!

천결봉 일부가 깎여 나가면서 열파가 극음지기의 폭풍을 밀어내었다.

그리고 그 공백으로 이자령이 뛰어들었다. 마치 사전에 수십 번 상의하고 연습한 것처럼 한 치도 어긋남이 없는 연계였다.

산산이 흩어지는 섬광 너머로 성하가 보였다.

"성하!"

형운이 무극설원경으로 입장을 역전시키고, 손에 넣은 자원으로 막대한 공세를 퍼붓는 동안 이자령은 힘을 모으고 있었다. 설산 전역을 뒤흔들며 퍼져 나가는 눈보라의 힘이 신검의 칼날에 압축되어서 눈부신 빛을 발하고 있었다.

'끝이다!'

이자령은 혼신의 힘으로 신검을 내려쳤다.

형운의 광풍노격조차도 완벽하게 막아낸 성하의 방어막이 종잇장처럼 갈라진다.

그리고 놀란 성하가 허우적거리듯 들어 올린 팔에 칼날이 내리꽂혔다.

콰아아아앙!

천지를 뒤흔드는 폭음이 울려 퍼졌다.

3

동료들과의 연계로 성하와 설경을 압도하면서, 청륜은 과거의 한 장면을 떠올리고 있었다.

그가 기억하는 성하와의 싸움에는 언제나 백야의 존재가 있었다. 강하고, 아름다우며, 그리고 끝없는 슬픔에 잠겨 있던 그녀가.

이자령의 손에 들려 있는 검은 백야와 같은 존재감을 발하고 있었다.

백야는 특별한 검을 쓰지 않았다. 설산의 인간들이 조악한 기술로 벼려낸 검을 썼다.

그러나 그녀의 손에 쥐어진 순간부터 그 검은 특별해졌다.

무수한 요괴와 마수의 피를 머금고, 신의 피를 이은 백야에게 자신의 기원을 맡기고 죽은 자들의 영혼을 머금고, 종국에는 백야 자신의 피와 눈물마저 머금은 그 검은 유일하게 성하가 두려워할 무기가 되었다.

그러나 아무리 뛰어난 검이라도 결국은 무기일 뿐이었다. 위력을 발휘하는 것은 쥐고 있는 자의 행동에 달려 있었다.

그리고……

"슬프구나."

서서히 잦아드는 폭음 속에서 성하의 목소리가 울려 퍼졌다.

"이 몸에 과거의 활력이 돌아와도 그 아이는 여전히 싸늘한 주검인 채로구나."

이자령이 내려친 신검이 성하의 오른팔에 막혀 있었다.

"저럴 수가……!"

진예가 경악했다.

백야의 신검은 금강불괴라도 두부처럼 베어버릴 수 있는 검이었고 이자령은 저기에 눈보라를 통째로 압축해 넣은 것 같은 힘을 담아서 내려쳤다. 그렇기에 저 검이 성하의 팔을 갈라 버리고 그 몸까지 베어버릴 것을 믿어 의심치 않았다.

그런데 막혔다. 성하의 팔을 반쯤 잘라낸 채로.

후우우우우우……!

성하의 몸에서 광풍이 휘몰아치며 이자령이 튕겨 나갔다.

"크윽……!"

겨우 자세를 바로잡은 이자령이 신음했다.

순간적으로 얼어붙을 듯한 한기가 엄습해 왔다. 그 현상이 의미하는 바는 간단했다.

성하의 권능이 그녀가 지배하는 영역을 집어삼킨 것이다.

"네 몸이 멀쩡했다면 이 팔 정도는 잘라낼 수 있었을 것이 다."

성하가 상처를 품평하듯 말했다.

아무리 신검을 손에 넣었다고 해도 이자령의 몸이 기나긴 굶주림으로 쇠약해진 것은 어쩔 수 없었다. 몸이 멀쩡했을 때 의 그녀가 신검을 쥐었다면 성하에게도 무서운 적수였으리라.

"맙소사."

문득 청륜이 몸을 떨기 시작했다.

뭔가를 알아차려서가 아니었다. 이성적으로 이유를 깨닫기 전에 본능이 공포를 감지한 것이다.

청륜의 몸이 아득히 먼 옛날의 기억을 떠올리고 있었다. 그 가 아직 어리고 미숙하던 시절의 일을.

가장 먼저 진실을 파악한 것은 형운이었다.

"전성기의 힘을 되찾았어⋯⋯!"

"그렇다. 지금 너희들의 눈앞에 있는 것은 너희들이 기록한 역사보다 전, 상처 입고 약해지기 전의 나이니라."

성하의 육신이 머나먼 과거로 되돌아갔다.

백야에게 두 번이나 패해서 봉인당하기 전, 감히 적수를 찾을 수 없었던 전성기 시절로.

이치를 초월하는 의식의 힘이 이뤄낸 기적이었다. 비록 이 기적이 유지되는 시간은 길지 않겠지만⋯⋯.

"너희들에게는 그 시간조차 억겁과 같을 것이다."

그녀를 중심으로 발생한 광륜이 소리보다도 몇 배나 빠른 속도로 터져 나갔다.

콰콰콰콰콰⋯⋯!

그리고 그 궤적을 쫓아가듯 한기파동이 폭발했다.

형운 일행이 장악하고 있던 거대 규모의 한기가 밀려나면서 그 사이로 성하의 권능이 자리 잡는다. 여전히 힘의 규모 면에서는 형운 일행이 우위에 있지만 단 한 수로 숨통을 틔운 것이다.

그 한복판에서 또다시 아까 전에 보았던 그림자가 꿈틀거린다. 차라리 움직이는 산이라고 하는 것이 옳을 것 같은 거대한 이무기의 그림자가.

하지만 그것은 잠시였다. 마치 모든 것이 눈의 착각에 불과했던 것처럼 얼어붙은 산 위에는 성하만이 서 있었다.

"시간마저 거슬렀건만 이 약속은 여전히 나를 속박하고 있는가⋯⋯."

탄식하는 성하에게 청륜이 말했다.

"당신은 아직도 백야에게 속박되어 있단 말이오?"

"어쩌면 영원히 그럴지도 모르지."

200년 전, 백야는 성하를 두 번째로 패퇴시키면서 자신의 남은 목숨을 불살라 한 가지 저주를 걸었다.

'어머니, 이 목숨을 바쳐 바랍니다. 부디 저를 품에 안아주셨던 그 모습으로만 남아주십시오.'

그 저주로 인해 성하는 본신인 이무기의 모습으로 돌아갈 수 없게 되었다.

그리고 그녀 역시 요괴인 이상 인간과 비슷한 모습으로는 본신일 때보다 힘이 제약되었다.

"⋯그 아이를 잊으면 되겠지."

이 저주는 성하의 백야를 향한 마음으로 이뤄진 것이다.

그러니 백야를 잊으면 해방될 수 있다. 더 이상 그녀를 그리워하지 않으면, 더 이상 그녀로 인해 증오하지 않으면, 더 이상 그녀 때문에 화내지 않는다면 자유로워질 수 있을 것이다.

"하지만 그럴 수 없구나. 설령 이 목숨이 끊어진다 하더라도 그러지 않을 것이다."

성하의 눈이 차갑게 빛났다. 그리고 주변에서 무수한 얼음 가시들이 나타나서 일행에게 쏟아지기 시작했다.

콰콰콰콰콰콰!

일행도 즉시 그에 맞섰다. 일대를 장악한 거대 규모의 한기로부터 무수한 빙백검들이 나타나 성하의 얼음가시와 충돌했다.

한기가 끊임없이 폭발하면서 공간 일부가 얼어붙었다가 깨져 나가기를 반복한다. 그러면서 서로가 지배하는 한기가 끝없는 상승효과를 일으켰다.

격돌 전부터 이미 천결봉 주변의 모든 극음지기가 그들에게 장악되어 있었다. 그러나 이제는 수십 리, 아니, 수백 리 저편까지 그 영향력이 퍼져간다.

순백의 결을 지닌 극한의 용권풍이 곳곳에서 일어나고 전장이 지상을 넘어 하늘로까지 확장되었다.

"으윽……!"

정신이 아득해진다.

형운은 필사적으로 집중력을 붙잡았다. 이 싸움은 예전에 이자령이 그를 시험하고자 했을 때와 같다.

분명 적대하면서도 서로 상승효과를 일으키는 기묘한 싸움이었다.

자신의 무기로 상대를 찌르는 싸움이 아니다. 서로의 무기를 얽음으로써 발생한 힘에 대한 지배권을 다투는 싸움이다.

적이 성하가 아니었다면 이 거대한 기운을 전부 통제할 필요는 없다. 그저 유용한 배경으로 둔 채 적절하게 이용하기만 해도 되었으리라.

그러나 지금은 통제력을 잃는 순간 자신의 무기였던 것이 상대의 무기가 되어버리는 상황이다. 필사적으로 매달릴 수밖에 없었다.

'밀린다……!'

빙백무극지경에 이른 이만 세 명에 그중 이자령은 백야의 신검을 쥐고 있다. 그리고 진예와 이연주 역시 셋보다는 뒤처지지만 역시 거대 규모의 한기를 다루는 데 탁월한 능력을 가졌다.

이런 이들이 힘을 모으니 한기의 규모가 끝도 없이 폭증하는데도 제어력이 못 따라가는 일이 벌어지지 않는다. 그런데도 서서히 형세가 성하 쪽으로 기울고 있었다.

'젠장. 지금도 이 정도인데 본신으로 돌아가면 대체 어느 정도라는 거야!'

형운은 마음속으로 비명을 질렀다.

그들의 싸움은 격렬하지만 즉시적이지 않았다. 실수를 저질러도, 특정 부분에서 패해도 바로 결과가 나오는 것이 아니다. 마치 수천의 대군이 맞붙는 전장처럼, 지휘부는 자신들의 패배가 가져온 결과가 닥쳐올 때까지 그 아픔에 몸서리칠 시간이 주어졌다.

그런데도 피하거나 달아날 수 없다는 것이 무서운 부분이다. 전장에서 결정된 승패가 자신을 덮쳐 무너뜨리는 것을 빤히 볼 수밖에 없었다.

"하나."

문득 연이어 울려 퍼지는 굉음 속에서 성하의 목소리가 선명하게 들려왔다.

후우우우우!

그리고 천결봉 옆에 커다란 얼음기둥 하나가 내려왔다.

내부로부터 바닷속의 얼음처럼 검푸른 빛을 발하는 그 얼음기둥은 불길한 존재감으로 일행을 압박하고 있었다.

'술법 증폭기인가?'

정체는 알 수 없지만 자신들에게 좋지 않은 것만은 분명하다.

그렇기에 형운 일행은 얼음기둥을 부수고 싶었지만 그럴 수가 없었다.

"제기랄! 무리야! 안 닿아!"

일행 모두가 도저히 손을 뗄 수가 없는 상황이기에 규모의 싸움에는 재주가 없는 마곡정이 나섰다. 그러나 그가 지닌 공격 수단으로는 천결봉에서 30장(약 90미터) 떨어진 곳에 떠 있는 얼음기둥을 파괴할 수가 없었다.

'크윽, 이렇게 된 이상······!'

─아직은 아니다. 기다려라.

형운이 이판사판이라고 생각하는 순간, 이자령이 그를 제지했다.

그녀는 이 싸움 속에서 다시금 힘을 모으고 있었다. 이대로 규모 싸움을 하다가는 결국 성하에게 밀려서 압살당한다. 그러니 결정적인 순간까지 힘을 모아서 승부를 걸어야 했다.

이미 한번 실패한 방법이지만 이것밖에 할 수 있는 일이 없었다. 그리고 이자령도 똑같은 방법을 되풀이할 생각은 없었다.

"둘."

그때 성하의 느긋한 목소리가 울리며 첫 번째 얼음기둥의 반대편에 두 번째 얼음기둥이 내려왔다.

청륜이 200년 전의 기억 속에서 저 술법의 정체를 찾아내고 경고했다.

─여덟 수족의 맹세다! 여덟 수족의 존재를 대체하는 술법! 설경이 이 자리에 있으니 일곱 개의 기둥이 떨어지면 여덟 수족이 한자리에 모였을 때와 똑같은 힘이 발생할 터! 어떻게든 막아야 한다!

이미 연계가 시작되었다. 성하와 그 머리 위를 날고 있는 설경이 선명한 광선으로 연결되고, 다시 그들이 두 개의 기둥과 이어졌다.

하지만 아직까지는 별다른 변화가 없었다. 실제 여덟 수족이 모였을 때처럼 하나라도 더해지면 상승효과가 발생하는 것이 아니라 전원의 자리가 대체되었을 때야 비로소 효과가 발동하는 술법이기 때문이었다.

─곡정아! 잠시 나를 지켜다오!

─알겠습니다!

청륜이 규모의 싸움에서 반 발짝 물러나면서 술법을 준비하기 시작했다.

그로써 서서히 기울던 균형이 확 기울었지만 청륜은 그 부담의 대부분을 자신에게 향하도록 했다.

"이야아아아아!"

그리고 영수의 힘을 최대한으로 개방한 마곡정이 그 앞을 가로막고 서서 노도와 같은 도격을 펼치기 시작했다.

권능을 다투는 영역이 넓어진 상황에서 마곡정은 별 힘을 발휘하지 못한다. 그러나 특정 영역으로 집중된 힘을 상대할 때는 무시무시한 능력을 발휘했다.

'많아도 너무 많아. 젠장. 한 대는 맞아줘야겠군.'

완전히 백발로 화해 휘날리는 머리칼 아래쪽에서 푸른 눈동자가 빛을 발한다.

콰직!

방어를 뚫고 날아든 얼음가시 하나가 그의 허벅지에 박힌다.

격통이 밀려온다. 그러나 마곡정은 이를 악물어 고통을 이겨내고, 상처로 침투하는 냉기를 내공으로 이겨내면서 더욱 움직임을 가속시켰다.

"이 빌어먹을 뱀 대가리! 이 정도로 나를 넘을 수 있을 것 같냐!"

욕설로 투지를 고조시키는 마곡정의 몸에 상처가 하나둘씩 늘어갔다.

지금 이 순간, 그는 분명 청륜이 직접 스스로를 방어할 때를 압도하는 능력을 보여주고 있었다. 1의 힘만으로 10, 아니, 20 이상의 힘을 감당해 내고 있다.

'하! 이제 와서 내공을 아쉬워하게 되다니!'

그런데도 그가 대적해야 하는 힘의 규모가 너무 크다.

하나둘씩 상처가 늘어가고 몸 여기저기가 얼어붙어 갔다.

"후욱! 후욱!"

마곡정은 거칠게 숨을 몰아쉬면서도 멈추지 않았다. 멈추는 순간이 죽음의 순간이 될 것이기에.

그런 그의 귓가에 성하의 담담한 목소리가 울렸다.

"셋."

세 번째 얼음기둥이 일행의 오른편에 내려온다.

"넷."

그리고 다시 시간이 지나 네 번째 얼음기둥이 왼편에 내려온다.

앞으로 세 개 남았다. 눈앞에서 완성되어 가는 파멸을 보는 일행의 마음에 공포가 확산되기 시작했다.

공포는 냉정한 판단을 불가능하게 만든다. 모두가 지금 당장 승부를 걸어야 한다는 압박감에 시달렸다.

―아직이다.

오로지 이자령만이 소름 끼치는 냉정함으로 일행의 행동을 제어했다.

―초조해하지 마라. 머지않았다. 기둥이 네 개든, 여섯 개든 저 술법이 완성되지 않는다면 우리의 기회가 사라지는 것이 아님을 잊지 말아라.

극한의 광풍 너머를 향한 그녀의 눈동자에는 아무것도 드러나 있지 않았다.

공포도, 분노도, 증오도, 괴로움도, 그리고 투지조차도 지워진 완벽하게 무심한 눈.

인간의 눈이 그러할 수 있다는 것을 믿을 수가 없다. 형운은 자신을 향한 이자령의 시선에서 그 사실을 알아차리고 전율하면서, 동시에 기이한 신뢰가 솟아남을 느꼈다.

형운은 이자령이 어떤 사람인지 안다.

그녀는 고집스럽고, 깐깐하고, 의심 많으며, 화를 잘 내는 사람이다. 또한 신의를 알고, 타인을 위해 분노할 줄 알며, 올바른 뜻을 위해 희생할 줄 아는 사람이다.

이자령의 사람됨을 알기에 지금의 무심함이 무정함이 아님을 안다. 그녀가 이 자리에서 가장 최선의 선택을 할 사람임을 믿을 수 있다.

그러나 아무리 냉정하게 상황을 살펴도 어쩔 수 없는 일이 있게 마련이다.

"다섯."

다섯 번째 기둥이 내려왔다. 그리고…….

"아, 이런! 안 돼!"

형운이 비명을 질렀다. 하지만 거기에 실린 부질없는 희망을 짓밟듯 성하의 목소리가 담담하게 이어졌다.

"여섯."

여섯 번째 기둥이 내려왔다.

형운의 눈이 천공으로 향했다. 미세하게 주의력이 분산된 결과, 균형이 기우는 기세에 가속이 붙었지만 이미 그런 것을 신경 쓸 때가 아니었다.

"완전히 속아 넘어갔어……!"

서로 이어진 빛이 그려내는 도형의 꼭짓점, 설경이 빠르게 옆으로 이동하면서 그 너머에서 완성된 일곱 번째 기둥이 내려오고 있었다.

성하가 일행을 속였다. 얼음기둥이 생성되는 속도는 네 번째까지 일정하게 유지된 것보다 훨씬 빨랐다.

"그 아이에게 몇 번이나 당했지. 힘으로는 분명 우위를 점하고 있었거늘, 별것도 아닌 것 같은 술책 몇 개가 겹쳐지는 것만으로 그게 뒤집어졌어."

성하는 일행에게 아직 비장의 한 수가 남아 있다는 것을 짐작하고 있었다. 그렇기에 그것을 봉쇄하기 위해 술책을 부린 것이다.

일곱 번째 기둥이 내려온다.

저 기둥이 정해진 자리에 내려오는 순간, 지금까지와는 비교도 할 수 없는 권능의 해일이 일행을 집어삼켜 버릴 것이다.

모두가 곧 닥쳐올 파멸을 예감하는 순간, 청륜이 움직였다.

"뒤를 부탁하네."

그는 불완전한 술법을 발동시키면서 천결봉 밖으로 도약했다. 그리고 한 줄기 유성처럼 얼음기둥 중 하나를 덮친다.

쫘아아아아앙!

폭음이 울리며 얼음기둥이 흔들렸다.

하지만 그 일격으로 깨지지는 않았다. 그저 정위치에서 밀려나면서 표면에 균열이 생겼을 뿐.

찰나의 시간 차를 두고 일곱 번째 기둥이 정위치에 내려왔지만 술법은 완성되지 않았다. 청륜이 자신의 모든 것을 연소시키면서 얼음기둥끼리의 연결을 봉쇄하고 있었기 때문이다.

"성하여, 옛 인연이 있으니 이거 하나 정도는 내 길동무로 내주시게!"

그의 몸이 빛으로 화하기 시작했다. 육신을 이루는 정기조차도 불살라서 기둥을 파괴하고자 하는 것이다.

―건방진 놈! 네 하잘것없는 목숨 따위로 왕의 위엄을 해하고자 하느냐!

분노한 설경이 청륜을 공격했다.

"청륜 어르신!"

형운이 비명을 질렀다.

커다란 얼음송곳들이 날아드는 것을 보면서도 아무것도 할 수 없었다. 청륜이 빠져나가면서 커다란 공백이 발생, 옆으로 무너지는 성채를 받쳐 들고 있는 것처럼 필사적으로 버텨야 했기 때문이다.

움직일 수 있는 것은 오직 한 사람뿐이었다.

"이야아아아아!"

몸이 반쯤 얼어붙은 마곡정이 절규하듯 기합을 외치며 뛰어들었다.

콰지직!

맹렬하게 내지른 도격이 거대한 궤적을 그려내면서 얼음송곳을 분쇄했다.

하지만 얼음송곳은 하나가 아니었다.

콱!

얼음송곳 하나가 마곡정의 정강이를 관통했다.

마곡정은 격통을 무시하고 청륜의 등판에 착지, 폭풍처럼 도를 내질러서 얼음송곳들을 쳐냈다. 하지만 기어이 그의 도격을 피한 얼음송곳 하나가 그의 몸통을 꿰뚫었다.

"곡정아!"

형운이 절규했다. 당장에라도 달려가고 싶었지만 그의 머리 위를 짓누르는 힘 때문에 한 발짝도 움직일 수 없었다.

"제기, 랄! 할아버, 지……!"

"곡정아……."

"아직, 안 됐, 습니까?"

몸을 관통한 송곳으로부터 퍼지는 냉기에 목소리마저 얼어붙는 것 같았다. 마곡정은 아득해져 가는 의식을 필사적으로 붙잡으면서 물었다.

청륜이 말했다.

"…미안하다."

"그런, 말, 쏨은, 됐, 어요."

피식 웃는 마곡정의 눈길이 한 사람에게로 향했다. 그래야 한다는 의식도 없이 자연스럽게 그리되었다.

'형운, 나쁜 자식아.'

다가오는 죽음 앞에서 마곡정은 이상할 정도로 평온한 마음으로 생각했다.

'예은이를 부탁한다.'

말로 전하지 못하는 마음을 형운이라면 알아줄 것이라 믿었다.

그리고 청류이 완전한 빛으로 화해 폭발했다.

꽈아아아앙!

기둥이 산산조각 나면서, 몸의 반절이 터져 나간 마곡정과 청류이 천결봉 아래로 떨어졌다.

"곡정아아아아아아!"

형운이 절규했다.

4

그것은 치명적인 틈이었다.

형운의 집중력이 흩어지는 찰나, 계속해서 무너지던 균형이 확 기울었다. 일행의 장악력에 구멍이 발생했고, 성하와 설경은 그것을 놓치지 않았다.

"형운 공자!"

진예가 다급하게 외치며 뛰어들었다. 그 역시 그녀가 담당하던 영역을 포기하는 행동이었지만 형운에게 치명적인 공격이 날아들고 있는지라 어쩔 수 없었다.

그 외침에 퍼뜩 정신을 차린 형운이 고개를 돌렸다. 사태를
제대로 인지하기도 전에 무심반사경이 움직였다.

파아아아아!

한기가 농축된 광선이 그를 강타했다.

소리가 울려 퍼지는 것보다도 빠른 공격이었지만 형운은 그
것을 방어해 냈다. 운화 감극도가 있었기 때문이다.

하지만 그 한 번이 고작이었다. 방어에 온전히 힘을 집중하
지 못했기 때문에 상반신 절반이 얼어붙으면서 움직임이 제약
되었고…….

'진 소저! 안 돼!'

직후 날아드는 두 번째, 세 번째 광선을 진예가 막아내었다.

콰아아아아!

한기가 폭발하면서 진예가 나가떨어졌다. 몸이 하얗게 얼어
붙은 그녀를 이연주가 붙잡았다.

―선풍권룡.

그리고 그런 형운에게 이자령의 전음이 날아들었다.

구체적인 지시는 필요 없었다. 형운은 자신이 저지른 실수
를 알았고, 그것을 만회하기 위해 무엇을 해야 하는지도 알았
다.

일순간 형운과 이자령의 시선이 맞닿았다.

빙백무극지경에 달한 두 사람은 그것으로 최후의 반격을 위
한 호흡을 맞췄다.

형운이 두 자루의 빙백검을 붙잡고 휘둘렀다.

―쌍성무극검(雙聲無極劍)!

상반된 심상을 구현한 두 빙백검이 섬광이 되어 정면에서 교차하며 만상붕괴를 일으켰다.

……!

그리고 형운이 그것을 버텨내며 재차 빙백검을 쥐는 사이, 이자령이 만상붕괴가 형성한 한기의 공백 지대를 향해 뛰어들었다.

"같은 수법이 몇 번이나 통용될 것 같으냐?"

탁 트인 시야로 성하가 보였다.

그녀는 차갑게 웃고 있었다. 그녀는 이미 형운의 쌍성무극권을 막아내면서 만상붕괴를 통한 공격이 더 이상 통용되지 않을 것임을 보여주었다.

하지만 이자령과 형운은 개의치 않았다.

―빙백무극검(氷白無極劍) 백결(百結)!

첫 번째 만상붕괴가 끝나기 전에 이자령은 한 번의 휘두름으로 세 번의 심검을 발해 한 지점에서 교차시켰다. 형운이 만상붕괴를 일으킨 지점으로부터 10장(약 30미터) 정도 떨어진 지점에서 더욱 거센 만상붕괴가 발생했다.

……!

서로 다른 지점에서 연이어 만상붕괴가 발생하면서 한기가 싹 쓸려 나가며 기묘한 공백 지대가 형성되었다.

'이렇게까지 하는데도……!'

형운은 경악했다.

만상붕괴가 연이어 발생하는데도 성하의 술법이 건재했다. 이미 구현된 여섯 개의 얼음기둥도, 그리고 천공에서 최후의 얼음기둥을 생성하는 과정도 흐트러짐 없이 진행되고 있는 것이 아닌가?

　하지만 애당초 두 사람은 성하의 술법을 깨기 위해 만상붕괴를 일으킨 것이 아니다.

　권능 다툼의 균형을 돌이킬 수 없는 지금, 그들에게 남은 유일한 승리의 길은 성하를 지키는 한기폭풍을 돌파해서 백야의 신검으로 그녀를 해하는 것밖에 없었다. 그리고 만상붕괴는 그것을 위한 수단이었다.

　―검후님.

　형운이 만상붕괴를 뚫고 가속했다. 왼손 끝에서 발생한 빛이 전신을 휘감는데, 신기하게도 만상붕괴 속에서도 전혀 흐트러짐이 없었다.

　그리고 그것은 형운과 이자령의 연계가 어긋나는 순간이었다. 형운의 행동이 이자령의 예측을 벗어난 것이다.

　―제 실수는… 목숨으로 보상하겠습니다.

　변명거리는 있었다.

　아무리 급박한 상황이었다고 하나 누군들 친우의 죽음에 충격을 받지 않겠는가? 그 순간 충격받고 허점을 드러낸 것은 인간으로서 어쩔 수 없는 일이었다.

　하지만 형운은 스스로를 용서할 수 없었다.

　그렇게 드러낸 허점으로 그 자신이 쓰러졌다면, 그것은 무인으로서 겸허하게 받아들여야만 하는 결과일 것이다. 그러나 그로 인해 진예가 생사를 헤매는 중상을 입었다. 그것은 무인으로서 목숨으로라도 보상해야만 하는 빚이었다.

—사부님께 죄송하다고 전해주십시오.

그렇게 말하는 형운은 위해극을 떠올리고 있었다.

그와 형운은 같은 두려움을 공유하고 있었다. 둘 다 목숨이 아니라 '나'를 버림으로써 사람의 한계를 초월한 힘을 얻을 수 있음을 알았으며, 그 사실이 내재한 미지의 가능성에 공포를 느꼈다.

자신의 목숨을 버려서 소중한 누군가를 구할 수 있다면, 형운은 그렇게 할 수 있을 것이다. 살면서 몇 번이고 그럴 수 있음을 증명해 왔다.

그러나 '나'를 버린다는 것은 의미가 다르다.

과연 '나'를 희생해서 얻은 힘이 '내'가 바란 결과를 가져올 것인가?

오히려 그 힘이 소중한 것들조차 짓밟는 재앙이 될지도 모른다. 그런 두려움 때문에 형운은 설령 죽는다 하더라도 사람이길 포기하지 않고자 했다.

하지만 위해극은 마지막 순간 그 두려움을 넘어섰다. 그리고 그의 마지막을 지켜보았기에 형운도 이 순간 선택할 수 있었다.

'내가 사라지기 전에 끝낸다.'

형운이 가진 모든 역량을 투입해도 지금의 상황을 뒤집을 수 없다.

원래 세웠던 계획은 청룡과 마곡정, 진예가 쓰러진 시점에서 무의미해졌다. 형운과 이자령 두 사람만으로는 성하 앞에 도달할 수는 있을지언정 목표를 달성할 수는 없었다.

둘 중 한 사람은 상정한 것 이상의 일을 해내야 한다. 그리고 형운은 그럴 방법을 알았다.

기화(氣化)가 시작되었다.

형운은 위해극의 죽음 이후 수도 없이 머릿속으로 이런 상황을 상정해 왔다. 끔찍하게 싫은 일이었지만 그러지 않으면 막상 닥쳐왔을 때 아무것도 할 수 없음을 알기에, 청해군도에서 그 무력함을 실감했기에 자신의 파멸을 상상하고 준비해 왔다.

시작은 왼손 끝이다. 그곳으로부터 서서히 한없이 원기에 가까운 존재로 변화해 간다.

"무슨 짓을 하는 것이냐?"

그 변화를 본 성하가 경악했다. 신화시대부터 살아온 그녀도 이해할 수 없는 변화가 형운의 몸에서 일어나고 있었다.

ㅡ무극설원경!

왼 손목을 넘어 팔까지 빛으로 화해가는 가운데, 형운이 이자령과 약속한 비장의 패를 꺼냈다.

만상붕괴로 인한 한기의 공백 지대에 다시금 형운과 이자령이 지배하는 한기폭풍이 휘몰아쳤다.

이것조차도 지금의 성하를 상대로는 잠깐의 시간을 끌 수 있을 뿐이다. 하지만 애당초 형운과 이자령은 그 잠깐의 시간 동안 승부를 결할 각오였다.

콰아아아아앙!

형운이 팔꿈치까지 빛으로 화한 왼팔로 하늘을 가리켰다. 그러자 막 완성되어 떨어져 내리던 일곱 번째 얼음기둥이 산산조각으로 터져 나갔다.

─왕에게서 물러나라!

설경이 경악하며 형운을 공격했다. 하지만 그보다 형운이 더 빨랐다.

그가 발한 한기파동이 한순간에 허공의 한 지점으로 빨려 들어갔다. 그리고 순수한 기운으로 변환되는 게 아닌가?

아니, 그것은 변환이 아니었다.

'내 기운이 잡아먹혔단 말인가? 이런 말도 안 되는 일이!'

순수한 기운에 극음지기가 잡아먹혀 버렸다.

양적으로는 압도하는데도 질적인 격차가 너무 커서 일어나는 현상이다. 마치 물이 먹물에 오염되는 것과 비슷하다. 다만 이 경우는 너무나도 깨끗한 물에 먹물이 녹아들어서 조금도 오염시키지 못하고 그 일부가 되어버리는 기적이 벌어졌을 뿐!

순간 형운의 눈이 빛났다.

'우전아, 고맙다.'

형운은 자신에게 백운지신의 능력을 한계까지 보여준 양우전에게 감사했다.

지금 그의 몸 일부는 일월성신을 이루고 폭주한 유명후와 같았다. 원래 인간의 육신을 이루던 기운에서 불순한 부분을 모두 제거하고 순수한 기운만을 남겨서 의지로 제어하는 것이다.

형운은 백운지신의 능력인 기의 운화를 이용, 그 기운 일부를 허공으로 이동시켜서 설경의 기운을 집어삼켰다. 그리고……

콰아아아아아앙!

그대로 그 기운을 폭발시켜서 설경을 공격했다.

유명후가 증명했듯 순수한 기운의 효율은 일반적인 무인의 진기와는 비교를 불허했다. 양으로는 가늠할 수 없을 정도의 위력이 설경을 강타해서 수십 장이나 날려 버렸다.

그런 형운에게 얼음송곳 하나가 날아와 폭발했다.

"크윽!"

폭발하는 냉기를 막아낸 형운이 신음했다.

형운은 유명후와는 다르다. 무인으로서 그보다 훨씬 높은 경지에 올라 있으며, 천공기심으로 개인의 한계를 초월한 막대한 규모의 기운을 공급할 수 있었다.

지금도 팔꿈치 위까지 빛으로 화한 왼팔에 계속해서 천공기심에 저장되었던 기운을 공급하여 순수한 기운으로 바꾸는 중이다. 그 결과 이전의 전력을 한참 넘어서는 힘을 발휘하고 있었다.

'팔 하나 정도로는 턱도 없다 이거냐?'

형운이 이를 악물었다.

손끝으로부터 시작된 육신의 원기화는 얼마 안 가서 전신을 잠식할 것이다. 그 잠식이 진행될수록 형운은 강해지겠지만 그만큼 파멸도 빨라질 것이다.

형운은 마지막까지 머리만큼은 원기화에서 제외할 생각이었다. 그리고 마지막 순간 원기화된 육신을 자폭시키면 이후의 혼돈을 두려워하지 않고 죽을 수 있다.

'더 이상 시간이 없어.'

두 번의 무극설원경으로 천공기심에 비축해 둔 극음지기를 다 써버렸다. 성하가 다시 한기의 지배권을 쥐기 전에 끝장을 내야 했다.

─광풍노격!

위력이 몇 배로 증가한 광풍노격이 성하를 덮쳤다.

콰콰콰콰콰콰!

성하로서도 무시할 수 없는 위력이었다. 방어막을 펼쳤는데도 버티지 못하고 뒤로 밀려났다.

형운이 결사의 각오로 뛰어드는 순간이었다.

서걱!

"어……?"

순간 형운은 멍청한 신음을 흘리며 멈춰 섰다.

원기화가 거의 어깨까지 잠식해가던 왼팔이 깨끗하게 잘려 나갔다. 그리고 상처 부위로부터 얼음결정이 돋아나면서 출혈을 막아주었다.

"검후님, 어째서……?"

기습으로 형운의 팔을 자른 것은 이자령이었다.

그녀가 그렇게 한 이유는 분명했다. 원기화가 형운의 몸까지 잠식해서 돌이킬 수 없게 되기 전에 막은 것이다.

이자령은 얼음처럼 무심한 눈으로 형운을 보며 말했다.

"진예를 부탁하마."

그리고 그녀가 발한 격공의 기가 형운을 쳐서 뒤쪽으로 날려 버렸다.

'귀혁.'

그런 형운을 보는 이자령의 마음은 둘로 분리되어 있었다.

만년설처럼 단단하고 차가운 부동심을 이룬 자신과 그것을 관조하는 자신이 있다.

'당신의 제자는 정말 훌륭하게 자랐다. 이런 젊은이라면 한 점 의문도 없이 미래를 맡길 수 있겠구나. 아마 마존 어르신 역시 이런 기분이셨을 테지.'

스스로를 관조하는 이자령은 미소를 짓고 있었다.

그리고 그런 감정을 마음속에만 간직한 채로 서서히 신검을 들어 올렸다.

신검의 투명한 칼날이 흐릿한 빛방울을 흘리기 시작했다. 그것은 마치 신검에 깃든 백야의 마음이 슬퍼하며 흘리는 눈물 같았다.

'슬퍼하시지 않아도 됩니다. 당신께서는 우리에게 너무 많은 것을 주셨습니다. 당신은 신이 아니라 사람이었으니, 모든

것을 다하지 못했음을 죄스럽게 생각하지 마십시오.'

이자령은 기도하듯 검을 들어 올리고 있었다.

'사람의 힘이 부족함은 다른 누군가의 손을 잡기 위해서인 법. 당신께서 우리의 손을 잡아주셨던 일을 우리는 결코 잊지 않습니다.'

그녀는 눈을 감았다.

직접 눈에 담을 필요는 없다. 신검을 통해 얻은 힘이 그녀에게 보고 싶어 하는 사람들의 얼굴을 생생하게 보여주었다.

창백해진 얼굴로 분투하는 이연주와, 동사한 시체처럼 하얗게 얼어붙은 채로 그녀에게 안겨 있는 진예가 보였다.

'부족한 사부라 미안하구나. 아직 가르쳐 줄 것이 많이 남았거늘.'

그렇게 생각하는 순간이었다.

진예가 흐릿하게 눈을 뜨고 이자령을 바라보았다. 마치 자신을 향한 사부의 시선을 알아차리기라도 한 것처럼.

'......'

우연이 아니었다. 뚜렷하게 허공의 한 지점을 바라보는 진예의 눈이 불안과 두려움으로 흔들리고 있었다.

절망적인 상황 때문이 아니었다. 알 수 없는 예감이 그녀를 사로잡고 있었다.

'너라면 괜찮을 거다.'

이자령은 그런 그녀를 보며 미소 지었다.

'힘들겠지. 그리고 괴로울 것이야. 하지만 그래도 너라면

분명 할 수 있을 거라고 믿는다.'

이자령의 몸이 차가운 빛으로 화했다. 전신이 눈과 얼음에 반사되는 빛 무리로 이루어진 윤곽처럼 변해가면서 백야의 신검과 하나가 되어간다.

눈 속에 나가떨어진 채 그 광경을 본 형운이 외쳤다.

"검후님! 죽을 생각입니까!"

일월성신의 눈이 이자령에게 일어나는 변화를 읽어냈다. 그녀는 형운이 하고자 했던 것과 흡사한 행동을 하고 있었다.

자신을 이루는 모든 것을 빙백무극의 권능 그 자체로 바꾸어 신검과 하나가 된다. 그로써 그녀는 인간을 초월하여 극음지기를 다루는 신과 같은 존재가 될 수 있었다.

"제자들은 듣거라."

굉음을 뚫고 들려오는 이자령의 목소리에 이연주가 고개를 들었다. 그녀는 직감적으로 이것이 사부의 유언임을 깨달았기에 한 음절도 놓치지 않도록 집중했다.

"설령 터전을 잃는 한이 있더라도 백야문의 명맥이 끊겨서는 안 된다. 어떠한 대가를 치르더라도 살아남아서 오만한 요괴들에게 인간이 맹세를 잊지 않는 존재임을 증명해 주어라."

신검과 합일한 이자령의 권능이 성하의 권역을 잠식하며 퍼져 나갔다.

눈보라 너머에서 성하가 노성을 질렀다.

"감히! 염치도 모르는 죄인 주제에 그 아이와 같은 짓을 하느냐!"

성하의 뇌리에 지난 기억이 선명하게 떠올랐다. 이자령은 지금 200년 전에 백야가 목숨을 희생해서 그녀를 봉인했던 일을 재현하고 있었다.

하지만 완전하지 않다. 백야의 신검을 계승하고, 목숨마저 희생했건만 그 결과는 승리가 아니라 패배를 뒤로 미루는 것에 불과했다.

이자령의 존재가 모조리 연소되고 나면 성하는 천결봉에 갇히게 되리라. 그러나 그것은 오랜 세월의 봉인이 아니라 잠시 동안의 감금이 될 것이다.

그런 결과를 알면서도 이자령은 흔들리지 않았다.

처음부터 그녀는 이런 결말을 예상하고 있었다.

이길 생각으로 최선을 다했지만, 동시에 승산이 희박하다는 것도 알았다.

오늘의 싸움은 내일의 승리를 위한 희생이 될 것이다. 그것이 그녀가 할 수 있는 최선이었다.

'아…….'

몸의 감각이 사라져 간다.

의념으로 권능을 다루는 감각은 선명하지만 이것도 한시적일 것이다. 시간이 지나면 모든 것이 사라지리라. 지금 이 순간의 생각도, 깊은 가슴속의 울림까지도 모두.

그것은 두렵고 안타까운 일이다. 쏟아지는 눈에 파묻히듯 자신의 존재가 지워져 가는 것을 실감하던 이자령은 문득 한 사람을 떠올렸다.

'귀혁.'

어째서 이 순간에 다른 누구도 아닌 그가 떠오르는 것일까.
그 사실이 어처구니가 없어서 이자령은 웃어버리고 말았다.

그리고…….

'만약 다음 생에서도 다시 만날 수 있다면, 부디 그때
는…….'

그리고 천결봉 정상에 거대한 얼음꽃이 피어나면서, 그 중
심부에서 발생한 광풍이 형운 일행을 저편으로 날려 버렸다.

제152장
유지(遺志)

1

시간의 흐름 속에서 그 어떠한 기적도 영원할 수 없다.

한서우는 기환진의 수명이 다해가는 것을 느꼈다. 아무리 뛰어난 기물도 그것을 다루는 자의 역량이 비루하면 제대로 된 위력을 발휘할 수 없는 법. 환예마존 이현 본인이 다뤘다면 열흘 밤낮 동안 수천 명을 가둬둘 수 있었겠지만 술법의 성취도가 그의 발끝에도 따라가지 못하는 한서우로서는 유지할 수 있는 시간이 길지 않았다.

물론 그것만으로도 당초의 목적은 완벽하게 달성했다. 성하의 여덟 수족 중 여섯을 격리시켰으며, 전장을 그들에게 불리한 곳으로 옮김으로써 유리한 싸움을 벌일 수 있었다.

하지만 한서우는 조금도 만족하지 못했다.

'여기서 이놈들이라도 끝장냈어야 했는데⋯⋯!'

그는 피가 나도록 입술을 깨물었다.

예지가 그에게 알려주고 있었다.

형운 일행이 승리하지 못했다는 것을.

따라서 이곳에서 나가는 순간부터 파멸을 피해 달아날 수밖에 없음을.

기환진 내의 싸움은 한서우 일행이 완전히 승기를 잡고 있었다. 여섯 중 음빙은 이미 쓰러뜨렸고, 거혼에게 중상을 입혔으며⋯⋯.

"아, 하하하하⋯⋯."

혈빙검은 죽기 직전까지 몰린 채로 웃었다.

전신이 상처투성이였다. 그리고 그 상처로부터 삐죽삐죽한 얼음이 돋아나 있었다.

서금척이 그녀에게 입힌 상처들이었다. 상처를 입을 때마다 그곳으로 침투한 서금척의 한기를 몰아낼 새도 없이 계속해서 상처가 누적된 결과, 혈빙검은 요기를 운용하는 것조차 버거워져 있었다. 육신의 형상을 유지하는 것만으로도 요기가 크게 소모될 정도로 궁지에 몰렸다.

"누군가 구해줄 거라고는 기대하지 마라."

서금척의 말에 혈빙검이 이를 드러내며 웃었다.

"부럽네. 구해줄 사람 있어서. 가엾은 아이들은 구하지도 못한 주제에⋯⋯."

"닥쳐!"

서금척이 격노하며 그녀를 쳤다. 혈빙검은 기다렸다는 듯 예리한 동작으로 검을 휘둘렀다. 도저히 피할 길이 없는 예리한 공격이었다.

파악!

섬뜩한 파육음이 울렸다.

"넌 역시……."

혈빙검이 비틀거리며 물러났다.

"최고야. 하하하하……."

힘없이 웃는 그녀의 검은 서금척의 어깨를 베었다.

그리고 서금척의 검은 그녀의 몸통을 깊숙이 베고 지나갔다.

발끈해서 달려들면서도 서금척은 의도한 허점으로 그녀의 공격을 유도했다. 그리고 얕은 공격을 허용하면서 치명적인 일격을 날리는, 살을 주고 뼈를 취하는 공격을 성공시켰다.

피해를 감수할 수밖에 없었던 것은 서금척 역시 만신창이였기 때문이다. 근소한 차이로 우위를 점하기는 했지만 그 역시 언제 쓰러져도 이상하지 않은 상태였다.

파악!

마침내 서금척의 검이 혈빙검의 팔을 절단했다. 검을 쥔 팔이 절단되면서 혈빙검의 표정에 아쉬움이 스쳐 간다.

마지막 순간, 서금척은 그녀의 눈빛에서 불합리한 광기를 보았다.

서로 사투를 벌이면서도 둘의 감정은 너무나도 어긋나 있었다.

혈빙검이 인간이 아니기 때문이다. 그녀는 욕망과 집착으로만 이뤄진 존재였다. 그렇기에 백야문도와 최고의 싸움을 할 수 있었다는 사실에 충만감을 느꼈으며, 더 이상 그런 싸움을 할 수 없음을 아쉬워했다.

서금척이 그녀에게 분노와 증오를 쏟아내 봤자 벽을 상대하는 것이나 마찬가지였다. 벽을 부숴 버릴 수는 있을지언정 자신의 감정을 이해하게 만드는 것은 불가능했다.

그러나 서금척은 그 사실을 허무해하지 않았다.

"부디 편안히 잠들거라."

그에게 있어서 혈빙검을 쓰러뜨리는 것은 의식이었으니까.

혈빙검이 서금척의 감정을 자신의 욕망을 위한 도구로만 여겼듯, 서금척 역시 혈빙검을 죽은 자들의 넋을 기리는 의식의 제물로 보았다. 맹수에게 주변 사람을 잃고 복수하는 자가 맹수를 감정을 교환할 대상으로 보지 않듯, 서금척은 요괴를 대하는 태도가 어떠해야 하는지를 잘 알고 있었다.

원한은 갚았다. 이제는 죽은 자들의 넋이 안식을 찾기를 바랄 뿐이었다.

—퇴각한다.

혈빙검의 본신인 검을 부러뜨린 서금척의 귓가에 한서우의 침통한 목소리가 들려왔다.

주변 공간이 일그러지는가 싶더니 파릇파릇한 봄날 들판은 사라지고 혹한의 설산이 그 자리를 대신했다.

"어째서지요?"

서하령이 물었다.

기환진에서 나온 것은 일행뿐이었다. 아마도 생존한 성하의 수족들은 얼마 후 기환진의 수명이 다한 후에야 나오게 될 것이다.

하지만 기환진 내에서의 싸움은 일행이 유리했다. 균형이 크게 기운 상태라서 기환진의 수명이 다해 다시 설산이 전장이 되었다고 해도 충분히 승리를 거둘 수 있었을 것이다.

물론 한서우가 퇴각을 결정한 것에는 그만한 이유가 있었을 것이다. 서하령은 따지고 드는 것이 아니라 이유를 듣고 싶을 뿐이었다.

"사부님이 패하셨소."

대답한 것은 한서우가 아니었다. 서금척이 머나먼 천결봉 쪽을 보며 말하고 있었다.

거센 눈보라가 휘몰아치고 있어서 육안으로는 천결봉의 윤곽조차 볼 수 없다. 그러나 서금척의 표정에는 확신과 비통함이 어려 있었다.

"금척아, 그게 무슨 소리냐?"

주미령이 깜짝 놀라서 물었다. 그녀는 아무것도 알아차리지 못했기 때문이다.

서금척이 음울한 목소리로 대답했다.

"사부님의 목소리가 들렸습니다. 그렇게밖에 말씀드릴 수 없군요. 모두들 이곳에서 머뭇거릴 시간이 없습니다. 빨리 결계 안으로 도망쳐야 합니다."

"잠깐만요. 공자님은 어떻게 되신 겁니까? 혼마 대협께서는 아시는 거지요?"

가려가 불안과 두려움이 역력한 표정으로 물었다. 한서우가 말했다.

"시간이 없다. 일단 돌아가서 설명해 주마. 서두르지 않으면 우리 모두 이곳에서 뼈를 묻게 될 것이다."

"……."

가려는 입술을 깨물었다. 불안함과 답답함으로 가슴이 터질 것 같았지만 한서우가 다급함을 드러내며 말하니 따를 수밖에 없었다.

흰사슴 영수가 술법을 발동하고, 질풍처럼 백야문으로 향하는 가운데 서금척이 주미령에게 말했다.

"사저."

"업혀 있기도 힘들 텐데 돌아가서 말하거라."

혈빙검과의 싸움으로 중상을 입은 서금척은 경공을 펼치기는커녕 걷는 것조차 힘들었다. 그래서 기력은 쇠했어도 부상은 없는 주미령이 그를 업은 채로 달리고 있었다.

쌀쌀맞지만 배려가 느껴지는 주미령의 말에 서금척은 힘없이 웃었다.

"사저에게 업히는 것도 오랜만이군요."

"나도 다 큰 남자를 업고 뛰는 게 달갑지는 않구나. 말하기도 힘드니까 입 닫고 있거라."

"진예에게 전해주십시오."

"뭐?"

"망설이지 말고 저를 쓰라고요. 그게 제가 진정으로 바라는 것이니 괴로워하지 말라고, 이런 일만 남겨주는 못난 사형이라 미안하다고……."

"그게 무슨 소리냐?"

"……"

"금척아?"

주미령은 가슴이 덜컥 내려앉았다.

서금척의 숨이 끊어졌다.

"금척아!"

깜짝 놀란 주미령이 그 자리에 멈춰 서서 서금척의 몸을 바로 들었다.

그는 평온한 얼굴로 죽어 있었다. 급히 그에게 진기를 불어넣으려던 주미령은, 곧 그 행위가 무의미함을 알았다. 그는 숨을 거둔 원인은 부상이 아니기 때문이었다.

서금척은 자결했다.

물론 그대로 있었어도 시시각각 죽어갔을 것이다. 혈빙검에게 입은 상처가 너무 많았고, 그를 통해 침투한 음기가 몸 안쪽을 엉망진창으로 망가뜨려 놓아서 도저히 살아날 수 없는 상태였다.

"…어째서냐?"

주미령은 떨리는 목소리로 물었다.

대답이 돌아오지 않을 것임을 알면서도 묻지 않을 수 없었다. 아무리 죽음이 가깝다고 하더라도 어째서 스스로의 기맥을 동결시켜 가면서 자결했단 말인가?

죽음을 앞두고 미쳐 버려서는 아닐 것이라고 믿고 싶었다. 분명 진예에게 전해달라고 한 말 속에 해답이 있으리라.

"유감이지만 지체할 시간이 없다."

한서우가 다가와서 말했다. 서금척의 주검을 뚫어져라 바라보던 주미령은 곧 몸을 일으켰다. 그리고 서금척의 주검을 다시 등에 업은 채로 눈물을 닦았다.

"갑시다."

먼 곳에서 울려 퍼지는 광포한 맹수의 포효를 들으면서, 그들은 백야문의 결계를 향해 달려갔다.

2

마지막 기억은 눈보라 저편으로 멀어져 가는 얼음꽃의 모습이었다.

후우우우우…….

형운이 눈을 떴을 때, 주변에는 여전히 거센 눈보라가 휘몰아치고 있었다.

얼마나 의식을 잃고 있었는지 모르겠다. 몸이 반쯤 눈 속에 파묻혀 있었다. 일반인이라면, 아니, 어지간한 무인이라고 해도 이미 얼어 죽었어야 할 상태였다.

하지만 형운은 멀쩡했다. 몸 상태가 좋지 않았지만, 그뿐이다.

"……."

형운은 자신의 왼팔을 보았다. 어깨까지 썩둑 잘려 나가고 그 자리에서 삐죽삐죽한 얼음이 돋아나 있었다.

그 사실을 인지했는데도 마음이 이상할 정도로 평온했다. 이것은 자신이라면 시간만 주어지면 잘려 나간 팔조차도 재생할 수 있다는 확신이 있어서일까, 아니면 그것이 자신의 생존을 위해 치른 대가치고는 값싸다는 생각이 들어서일까?

'곡정아…….'

형운의 뇌리에 의식을 잃기 전까지의 일들이 떠올랐다.

무인으로 살다 보면 언젠가는 이런 일이 일어날지도 모른다고 각오하기는 했다. 하지만 각오는 현실을 받아들일 수 있게 해줄 뿐 슬픔을 없애주는 것이 아니다.

마곡정의 마지막 모습이 눈에 선했다. 한 마디도 나누지 못했지만 그가 무슨 말을 하고 싶었는지 알 것 같았다.

문득 과거의 일들이 뇌리를 스쳐 갔다. 악연이라고밖에 할 수 없었던 첫 만남부터 시작해서 목숨마저 내줄 수 있는 친우가 되기까지의 일들이.

많은 일들을 그와 함께 해왔다. 즐거운 일도 있었는가 하면 슬픈 일도 있었다.

어린 시절부터 두 사람은 무인이었다. 그렇기에 언젠가는 이런 날이 올 것을 각오해 왔다. 하지만 정작 현실로 닥쳐오자 밀려오는 슬픔을 참을 수 없었다.

"크흑……."

형운은 왈칵 치미는 눈물을 참으며 한참을 그렇게 서 있었다.

어느 정도 마음이 가라앉고 나니 이자령의 유언이 귓가를 맴돌았다.

'설령 터전을 잃는 한이 있더라도 백야문의 명맥이 끊겨서는 안 된다. 어떠한 대가를 치르더라도 살아남아서 오만한 요괴들에게 인간이 맹세를 잊지 않는 존재임을 증명해 주어라.'

어쩌면 그 자리에서 형운을 희생시켰다면, 그녀는 이길 수 있었을지도 모른다. 형운이 완전히 원기화해서 성하를 막아섰다면 실낱같으나마 승산이 있었다.

그러나 이자령은 그러지 않았다. 설령 자신이 죽는다고 하더라도 부끄러움 없는 길을 선택했다.

'그 말씀, 따르겠습니다.'

성하는 순간의 감정에 집착해서는 이길 수 없는 재앙이다. 아무리 비참해도 살아남아서 그녀를 쓰러뜨릴 방법을 찾아내고야 말 것이다.

결의를 되새긴 형운은 주변을 살폈다. 그리고 곧 찾고자 하는 이들을 찾아내고 빙백무극지경의 힘으로 눈을 걷어내기 시작했다.

눈 속에 파묻혔던 이연주와 진예가 모습을 드러냈다.

이연주는 의식을 유지하고 있었지만 주변 상황을 전혀 알아차리지 못하고 있었다. 모든 정신을 품에 안은 진예의 숨을 이어놓는 데 집중하고 있었기 때문이다.

"…선풍권룡, 무사했군요."

이연주는 형운이 진기를 보태자 비로소 그의 존재를 알아차렸다. 반색하던 그녀는 형운의 잘려 나간 왼팔을 보고는 표정을 굳혔다.

형운이 고개를 저었다.

"살아남은 것만으로도 감사해야 하는 상황이니 신경 쓰지 마십시오. 팔 하나쯤 없어도 싸울 수 있습니다."

진심이었다. 이자령이 팔을 자르지 않았다면 형운은 이 자리에 없었을 테니까.

곧 진예의 상세를 살핀 형운의 표정이 굳었다.

'늦었어…….'

숨이 붙어 있는 것이 기적으로밖에 보이지 않는 상태였다. 기맥으로 침투한 성하의 기운이 독소처럼 퍼져 버렸다. 형운이 힘을 쓴다면 성하의 기운을 걷어낼 수는 있겠지만 그래봤자 의미가 없다. 철저하게 망가진 그녀의 몸은 회복할 수 있는 시점을 지나 버렸으니까.

하지만 이 순간 형운을 사로잡은 것은 절망이 아니라 갈등이었다. 그리고 그 사실을 깨달은 형운은 스스로에게 혐오감을 느꼈다.

'제기랄.'

그에게는 운룡족에게 받은 약이 있었다. 숨이 끊어지지 않는 한 그 어떤 상황에서도 목숨을 구할 수 있는 그 약이라면 진예를 살릴 수 있으리라.

형운이 고민한 것은 무의식중에 마곡정을 떠올렸기 때문이다.

만에 하나라도 마곡정이 살아 있다면 이 약으로 구할 수 있지 않을까?

진조족의 장신구로 불러봐도 응답이 없었지만 그래도 혹시 모른다. 응답할 수 없는 상황일 수도, 거리가 멀어서 닿지 않은 것일 수도 있으니까.

물론 형운은 그것이 현실성이라고는 없는, 물에 빠진 사람이 지푸라기에 매달리는 것과 같은 망상에 불과함을 안다. 그러나 지금 진예를 살리면 그조차도 포기해야만 한다.

'곡정아, 미안하다.'

형운은 눈을 질끈 감았다. 마곡정을 포기한다는 사실에 대한 미안함이 아니었다. 무의식중에나마 그를 진예를 죽게 내버려 둘 핑계로 썼다는 사실이 죄스러웠다.

'너라면 분명 망설이지 않았겠지.'

마곡정이라면 자신을 희생해서라도 진예를 살렸을 것이다. 형운이 아는 그는 그런 사람이었다.

"콜록."

운룡족의 약을 먹이자 진예가 기침을 토했다. 몸을 새하얗게 뒤덮었던 얼음이 걷히고 있었다.

"아……."

형운의 진기를 받은 진예는 이내 의식을 회복했다.

그러나 죽을 고비를 넘겼을 뿐 몸 상태는 최악이었다. 그녀는 흐릿한 눈으로 허공을 보며 몽롱하게 중얼거렸다.

"부르고 있어요……."

형운과 이연주가 서로를 바라보았다. 그리고 둘 다 그런 소리를 듣지 못했음을 알 수 있었다.

"진 소저, 제 목소리 들립니까?"

"저쪽으로……."

진예는 힘겹게 손가락을 들어 한쪽을 가리켰다.

"가야 해요, 꼭……."

"……."

"제발… 가지 않으면… 안… 되는데……."

진예는 두 사람의 목소리가 들리는지 마는지 모를 태도로 애원했다.

형운이 고심 끝에 말했다.

"가봅시다."

"환청을 듣는 게 분명한데 말입니까? 지금은 안정하면서 상태를 회복시켜야……."

"어차피 이대로 있을 수는 없습니다. 아마 우리에게는 시간이 많지 않을 겁니다."

"그게 무슨 뜻이지요?"

이연주가 흠칫하며 묻자 형운이 위를 올려다보았다. 눈보라가 시야를 가려서 보이지 않는 천결봉을.

"검후님께서 성하를 가두신 것은 완전한 봉인이 아니라 일시적인 감금일 뿐입니다. 그리고 그조차도 성하를 감금하는 게 한계였겠지요."

이성적인 근거를 토대로 한 추측이 아니다. 왠지 형운은 천결봉에서 일어난 일을 알 것만 같았다. 어쩌면 이자령이 빙령을 통해서 그에게 알려주는 것인지도 모른다.

"설경이 언제 풀려날지 모릅니다. 그에게 발각되기 전에 움직여야 합니다."

"으음……!"

그 말에 이연주가 신음했다. 지금의 세 사람에게는 설경만 하더라도 사신이나 다름없다. 그에게 발각당하더라도 형운은 몸을 뺄 수 있겠지만 이연주와 진예는 죽음을 피하지 못하리라.

'미안합니다.'

형운은 마음속으로 이연주에게 사과했다.

그는 일부러 한 가지 사실을 말하지 않았다. 진예가 가리킨 방향이 백야문과는 정반대의 방향이라는 것을.

합리적으로 판단하면 진예의 말을 무시하고 백야문으로 향해야 한다. 하지만 뭐라고 설명할 수 없는 예감이 진예의 말을 따라야 한다고 형운을 설득하고 있었다.

'거기에 뭐가 있는 겁니까, 진 소저?'

형운은 의문을 담아 진예를 바라보았지만 그녀는 흐릿한 눈으로 허공을 올려다볼 뿐이었다.

3

꿈인지 현실인지 모를 몽롱함 속에서 진예는 낯선 목소리를 듣고 있었다.

―백야문의 아이야.

어린 소년의 목소리였다. 그러나 말투는 목소리에 어울리지 않게 마치 노인이 아이를 대하는 것 같았다.

―결국 이때가 오고야 말았구나. 영원히 오지 않길 바랐거늘.

한 번도 들어본 적이 없는 목소리인데도 왜인지 굉장히 친숙한 느낌이 드는 것이 신기했다.

―내게 오거라. 너는 나를 찾을 수 있을 것이다.

작은 짐승의 발소리가 들렸다. 소복이 쌓인 눈 위를 사박사박 걷는 소리가.

진예는 고요한 눈밭 위로 이어지는 그 발자국을 따라갔다. 이상하게도 별로 멀리 떨어지지도 않은 그 짐승을 볼 수 없었지만 상관하지 않았다. 이 발자국을 잃어버리면 안 된다는 확신이 그녀를 사로잡고 있었다.

"당신은 누구신가요?"

―이 모든 이야기의 시작을 아는 늙은이지.

진예는 홀린 듯이 고요한 눈밭 위를 걸었다. 살면서 무서운 것도 모르고 설산 구석구석을 돌아다녀 온 그녀였지만 눈에 보이는 풍경이 이상할 정도로 낯설었다. 분명 눈에 익숙한 봉우리들이 보이는데 그것들이 기억에 없는 구도로 자리하고 있다.

여기는 과연 어디인 것일까? 아니, 과연 실존하는 장소이기는 할까?

신기함과 두려움이 반반씩 섞인 기분으로 발자국을 따라간 진예는 마침내 자신이 목적지에 도달했음을 알았다. 아무것도 없는 눈밭 한복판에서 발자국이 끊겨 있었다.

"…진 소저! 정신 차리세요! 어디로 가야 합니까?"

그리고 고요한 세계를 깨부수듯 절박한 목소리가 귓가를 파고들었다.

"형운 공자……?"

고요함은 사라지고 거센 바람 소리가 정신을 일깨웠다. 익숙한 소리였다. 살면서 한순간도 잊어본 적이 없는 설산의 울부짖음.

"정신이 드셨군요!"

형운이 반색했다. 죽 흐릿했던 진예의 눈에 빛이 돌아와 있었기 때문이다.

"…어떻게 된 거죠?"

"기억이 안 나십니까?"

"……"

자연스러운 되물음이었을 뿐이다.

그러나 그 한마디가 채찍처럼 진예의 정신을 때렸다. 마음

깊숙한 곳에서부터 왈칵 감정이 복받쳐서 눈물이 흘러내렸다.

"사부님……."

진예는 이자령이 죽었다는 사실을 깨달았다.

생사를 헤매는 동안에 그녀가 남긴 유언이 머릿속 한켠에 각인되어 있었다. 눈물을 닦은 그녀는 곧 자신이 이연주의 등에 업혀 있다는 사실을 깨달았다.

"대사저."

"슬퍼하는 것은 나중으로 미뤄두자꾸나."

"…네."

설산의 가혹한 환경에서 살아간다는 것은 늘 선택을 강요받는다는 뜻이다. 그렇기에 백야문의 무인들은 우선순위를 정리하는 데 익숙했다. 격렬한 감정이 일어도 그것에 휘둘리지 않는 사람만이 끝까지 살아남아 상승무공으로 가는 길을 얻을 수 있었으니까.

이연주가 물었다.

"네가 비몽사몽간에 우리를 이곳으로 이끌었다. 기억이 나느냐?"

"아니요."

"……."

역시 환청을 듣고 있었던 것뿐일까?

하지만 낙담하는 그녀를 보며 진예가 말을 이었다.

"하지만 어떻게 된 일인지는 알 것 같아요. 대사저, 저를 내려주세요."

"네 몸 상태는……."

"괜찮아요. 당장 무슨 일이 생기진 않을 거예요."

"어떻게 확신하느냐?"

"그냥… 예감이 그래요."

"……."

이연주는 눈살을 찌푸렸지만 진예를 타박하지는 않았다. 이미 그녀가 비몽사몽간에 하는 말에 따라서 여기까지 온 상황이니 끝까지 믿어보는 수밖에.

이연주의 등에서 내려온 진예는 눈앞이 아찔해서 비틀거렸다. 이연주가 그럴 줄 알았다는 듯 붙잡지 않았다면 쓰러졌을 것이다. 죽을 고비는 넘겼지만 그녀는 병석에 누워 있어야 할 병자나 마찬가지였다.

"후우, 후우……. 괜찮아요. 잠시 앉을게요."

진예는 심호흡을 하고는 눈밭 위에 무릎 꿇고 앉았다. 그리고 그곳을 빤히 바라보다가 말했다.

"일단 파봐야 알 것 같아요. 형운 공자……."

그를 바라본 진예는 흠칫했다. 그제야 형운의 왼팔이 잘려 나간 것을 발견했던 것이다.

형운이 고개를 저었다.

"괜찮습니다. 무슨 말씀을 하려고 하셨습니까?"

"여기를 파주실 수 있을까요? 최대한 깊게요."

"알겠습니다."

직접 몸을 움직일 것도 없었다. 형운이 정신을 집중하자 쌓인 눈이 살아 있는 것처럼 밀려나면서 구멍이 뚫렸다.

"뭔가 있군요."

켜켜이 쌓인 눈과 얼음 아래쪽에 뭔가가 있었다. 형운은 눈을 파헤치기 전까지는 자신이 전혀 그것을 감지하지 못했다는 사실에 놀랐다.

"이건……."

이상할 정도로 투명한 얼음 속에 털이 새하얀 설산여우의 시신이 있었다. 어린아이라도 안아 올릴 수 있을 정도로 아담한 체구의 설산여우였다.

"아마도… 대마수 월성인 것 같아요."

진예가 홀린 듯이 그 시신을 바라보며 중얼거렸다.

그러자 얼음 안쪽에서 설산여우의 시신이 흐릿한 빛을 발하기 시작했다.

'누군가 나타났다.'

그와 동시에 형운을 바라보는 시선이 나타났다. 형운은 곧 그 시선의 주인을 찾아냈다. 얼음 위로 흐릿한 환영이 나타났던 것이다.

형운이 물었다.

"…혹시 대마수 월성이십니까?"

─생전에는 그렇게 불렸지.

작은 설산여우의 환영이 소년의 목소리로 대답했다.

참으로 안 어울리는 조합이었다. 소년의 목소리와 늙은이의 말투, 그리고 작고 아담한 체구와 산처럼 거대한 대마수의 존재감이 한 몸에 모여 있다.

월성은 일행의 면면을 살펴본 뒤 물었다.

—청륜은 어찌 되었나?

"……."

—역시 죽었는가. 허허. 더 오래 살아주길 바랐거늘.

허탈하게 웃는 그에게 진예가 물었다.

"왜 저를 여기로 부르셨지요?"

—네가 의무를 계승했기 때문이다.

"무슨 뜻인지 모르겠어요."

—이제부터 이야기해 주마. 별의 아이야, 이름은?

"진예입니다."

—진예.

월성의 환영은 고개를 들어 하늘을 바라보았다. 푹 파인 구멍 속에서 올려다보는 하늘은 마치 우물 안 개구리가 보는 풍경처럼 좁다. 하지만 그의 눈길은 그 너머의 먼 곳으로 향해 있었다.

—이자령은 너를 선택했다.

그 말에 진예가 눈을 부릅떴다. 그녀가 믿을 수 없다는 듯 물었다.

"그 말씀은, 혹시……."

—백야문주로서냐고 하면, 나는 모른다. 그건 백야문의 일이지. 이자령은 네게 뒷일을 맡겼다.

진예가 어리둥절해하자 월성이 말했다.

―아마도 너희들은 그분과 싸워서 패배했을 것이다. 그 과정에서 이자령이 자신을 희생했겠지.

"……."

―표정을 보니 내 추측대로인 것 같군. 진예, 내가 너를 부른 것은 이런 상황을 예측했기 때문이었다.

"저희가 질 것을 알고 계셨단 말인가요?"

진예가 울컥해서 묻자 월성이 대답했다.

―백야의 수명은 200년 전에 다했다. 그리고 그 후로 200년이 지났어도 여전히 설산에는 그분과 대적할 힘을 지닌 존재가 나타나지 않았지.

그래도 희망은 있었다. 봉인된 200년 동안 성하는 쇠약해졌고, 백야의 저주는 여전히 그녀를 속박하여 본신으로 돌아갈 수 없게 만들었으니까.

―그러나 그조차 실낱같은 희망이었다. 이자령은 처음부터 이길 수 없다는 것을 알고 있었을 것이다. 그럼에도 승부를 결한 것은 어쩌면 네가 있어서일지도 모르겠군. 너는 누구지?

월싱이 형운을 보머 물었다.

"별의 수호자의 형운이라고 합니다."

―백야문도가 아닌 인간이 그런 힘을 지녔다니 놀랍군. 이미 죽은 몸이라 자세한 것은 모르겠지만 네 안에는 빙령의 흔적이 느껴진다. 그리고… 설마 유설인가?

그 말에 형운이 흠칫했다. 월성은 그것으로 충분하다는 듯 눈을 감았다.

―그랬군. 설산을 떠난 빙령지킴이가 따라간 인간이 너였는가.

월성은 빙령지킴이가 아니었다. 그러나 드넓은 영역을 차지한 그는 술법을 통해 빙령지킴이들과 교류해 왔다. 깊은 인연이라고 할 수는 없었지만 월성과 유설은 어느 정도 서로의 고독을 이해하는 관계였다.

―너 같은 존재가 도왔는데도 그분을 어찌하지 못하다니, 역시 그분은 감히 내가 파악할 수 있는 존재가 아닌 것인가…….

"성하를 그분이라고 부르시는군요."

아까부터 그 점이 거슬렸던 형운이 지적했다.

그러자 월성이 쓴웃음을 지었다.

―너는 나에 대해서 알고 있느냐?

"많이 알지는 못합니다. 먼 옛날에는 성하의 여덟 수족 중 하나였지만 배신했다는 것, 200년 전의 싸움 이후로는 성하를 가두는 봉인의 뚜껑 역할을 했다는 것, 그리고 그 사실을 알리지 않은 채 설산의 분쟁을 억제하는 역할을 해왔다는 것……."

거의 대부분 청류에게 들은 내용이었다.

―알아야 할 것은 다 알고 있군. 하지만 그것만으로 나와 그분의 관계를 모두 이야기할 수는 없다. 나는 그분의 적이었지만 그럼에도 그분에 대한 애정과 존중을 잃지 않았으니.

"……."

―이해하기 어렵다면 애써 이해하려고 들지 말거라. 하지만

인간의 관계 역시 한마디로 정의할 수 없을 정도로 복잡한 경우가 얼마든지 있지 않더냐? 살면서 친애하는 자들끼리 어쩔 수 없는 사정으로 서로 칼을 겨누는 경우를 한 번도 보지 못했나?

"…그렇군요. 알겠습니다."

형운은 마곡정이 떠올라서 가슴 한켠이 시큰거렸다.

월성이 말을 이었다.

─형운 네가 없었다면 이자령은 혼자 싸우러 가서, 혼자 죽었을지도 모르지. 이자령의 희생은 완전한 패배가 아니었다. 다음에 이기기 위한 희생이었지.

마지막 순간, 이자령은 백야의 신검과 하나가 되어 초월적인 권능의 화신이 되었다. 그것은 다시는 돌아올 수 없는 희생이었다.

─중요한 것은 백야의 신검은 여전히 세상에 존재한다는 것이다.

이자령과 하나가 된 채로.

─백야가 다른 소재가 아닌 자신의 영육으로 신검을 벼린 이유는 신기(神氣)를 담을 수 있는 소재가 희귀해서만은 아니었다. 다른 신기(神器)와는 달리 그 성질이 고정되지 않은, 외부의 요소를 받아들임으로써 변화하고 성장할 수 있는 존재로 만들어내기 위해서였지.

백야의 신검은 이자령의 영육을 담아냄으로써, 이자령이 들었을 때보다 더 강한 무구로 변화했을 것이다.

―그리고 이자령은 신검의 다음 계승자로 진예 너를 지목했다.

"사부님……."

순간 진예는 왈칵 치솟는 눈물을 참을 수가 없었다. 지금은 슬퍼할 때가 아님을 알지만, 이 감정을 가슴에 묻어두어야 함을 알지만… 그럼에도 뜨거운 눈물이 흘러내리는 것을 어쩌겠는가?

흐느끼는 진예와 그녀를 다독이는 이연주를 바라보던 월성이 말했다.

―연자들이여, 부디 이 망자의 마지막 이야기를 들어다오.

세 사람의 시선이 자신에게로 향하자 월성이 말을 이었다.

―이 모든 것은 백야로 인해서 우리가 인간과 인연을 맺은 것으로부터 시작되었다.

월성은 500년 전의 비사를 이야기하기 시작했다.

4

월성은 백야가 성하 앞에 나타나기 훨씬 전부터 여덟 수족의 일원이었다.

만설군이 그랬듯 그 역시 마계의 마기(魔氣)에 노출되어서 영격이 상승한 순수한 마수였다. 끝없이 절망적인 투쟁을 강요받던 그는 성하에게 선택받아 구원받았다.

하지만 성하의 여덟 수족이 된 후로도 그가 세상을 보는 시각은 그리 달라지지 않았다. 성하를 세상의 중심으로 여기게 되었을 뿐 여전히 세상 모든 것을 부수고, 죽이고, 먹을 것으로 보았다. 이전에도 이후에도 접하는 존재 대부분이 요괴나 마수였으니 변할 까닭이 없어서였으리라.

그런 그의 삶을 격변케 한 것은 백야였다.

인간 마을 중에서 눈에 띄게 상황이 좋았던 마을을 다스리는 여성, 조유진은 성하에게 청했다.

'청하건대 왕께서 이 아이의 이름을 지어주셨으면 하옵니다.'

성하가 백야의 이름을 지어준 것은 설산에 큰 충격을 던져주었다.

당시 조유진은 정치적 감각이라는 것이 있는 인물이었다. 단순무식한 요괴들을 상대로 인간이 생존하기 위해서 뭘 해야 하는지 잘 알았던 것이다.

조유진이 성하에게 백야의 이름을 지어달라고 한 것은 요괴에게 이름을 짓는다는 것이 어떤 의미인지 알아서가 아니었다. 인간 마을을 먹이 사육장으로 대하는 요괴들에게 보여주기 위해서였다.

'우리가 맡은 이 아이는 성하가 직접 이름을 지어준 특별한 존재다. 성하에게 이런 아이를 보살피라는 의무를 받은 우리에게 함부로 굴지 마라.'

그리고 그 효과는 조유진이 기대한 것 이상으로 컸다. 성하는 백야를 맡긴 것에 그치지 않고 종종 그녀를 보러 왔기 때문이다.

성하가 지속적으로 관심을 두고 행차한다는 것이 크나큰 의미로 다가왔기에 조유진의 마을에 시도 때도 없이 날아들던 위협적인 요구가 뚝 끊겼으며, 마을 주민들을 노리는 공격 역시 크게 줄어들었다.

물론 모든 문제가 사라진 것은 아니었다. 요괴와 마수는 대부분 자제심이 없고 먼 앞날을 생각하지 않는다. 인간이 눈앞에 있으면 그런 복잡한 사정을 고려하지 않았다.

조유진의 마을로 쳐들어가지 말라는 명령 정도는 지킨다. 그러나 사냥이나 약초 채집 등을 위해 마을 밖으로 나와서 돌아다니는 인간을 봤을 때, 그 인간이 조유진의 마을 주민이라는 이유로 가만히 내버려 두지는 않는다.

지금도 마찬가지지만 당시의 설산은 더더욱 인간에게 가혹한 환경이었다. 마을 안에 있으면 안전이 보장되겠지만, 그렇다고 해서 마을 안에서만 살아갈 수는 없는 노릇이었다.

목숨을 걸고 사냥과 채집 활동을 하지 않으면 모두가 굶어죽을 수밖에 없었다.

조유진의 마을은 특히 그런 문제가 심각했다. 백야를 맡으면서 마을의 안전을 보장받았기에 더 그랬다.

안전을 보장받았는데 왜 더 문제가 커지는가?

먹여야 할 입이 늘어나기 때문이다. 설산에서는 농사를 지을 수도 없고, 가축을 사육해도 규모의 한계가 명백했다. 사냥과 채집만으로 먹여 살릴 수 있는 인원은 적을 수밖에 없는 것이다.

예전에는 요괴들이 종종 마을을 덮쳐서 사람을 한둘씩 납치해 가거나, 노골적으로 자신들에게 먹잇감이 될 인간을 제물로 바칠 것을 요구했다. 그런 요구가 사라지자 사람들은 더 활발하게 외부 활동을 할 수밖에 없었고, 그만큼 힘 있는 장정들의 사망률이 늘어나는 결과가 따라왔다.

그러던 어느 날 성하가 조유진에게 물었다.

"왜 백야가 저렇게 시름에 잠겨 있느냐?"

백야는 성하 앞에서는 늘 웃고 떠들었다. 어느덧 그 사랑스러운 모습을 보는 것은 성하의 낙이 되어 있었다.

그날도 백야는 재잘재잘 잘도 떠들었고, 성하의 선물을 받고 기뻐했다. 하지만 성하는 그녀가 애써 기쁜 척을 하고 있을 뿐, 사실은 깊은 슬픔에 잠겨 있음을 알아보고 의아함을 느꼈다.

"친구가 죽었기 때문입니다. 병에 걸렸는데 그 병을 고칠 약초를 구하지 못했습니다."

조유진은 자초지종을 설명했다. 백야와 친하게 지내던 여자아이가 병에 걸려서 그 아비가 약초를 구하기 위해 나갔다. 그러나 아비는 요괴에게 습격당해 죽었고, 결국 아이도 숨을 거두고 말았다.

이야기를 들은 성하는 고뇌에 잠겼다. 백야가 슬퍼하는 것이 가슴 아프지만 어쩔 수 없는 문제였다. 백야를 사랑하지만 그렇다고 해서 다른 인간들까지 특별 취급을 할 수는 없었고, 그러고 싶다는 마음도 들지 않았다.

조유진은 그 사실을 잘 알았다. 그래서 자신들을 특별 취급해달라고 하는 대신 다른 명분을 꺼내 들었다.

"저희의 힘이 너무나 미약하기에 백야가 장성할 때까지 안전하게 지켜줄 수 있을까 우려되옵니다. 백야를 풍족하게 먹일 식량을 확보하는 것조차 어려움을 겪고 있으니, 후에 백야가 마을 밖에 나갔다가 우환이라도 당할까 염려되어 밤잠을 설칠 지경입니다."

"무엇을 바라느냐?"

"감히 바라옵건대 백야를 안전하게 지킬 수 있는 이를 보내주셨으면 하옵니다."

성하는 그 요구가 타당하다고 여겼다. 당시 설산의 인간들의 힘은 너무나도 미약했으니, 그들에게 백야의 양육을 명령할 수는 있어도 안전을 지키라고 할 수는 없다.

고심 끝에 성하가 보낸 이는 조유진을 경악케 했다. 여덟 수족 중에 한 명, 대마수 월성이 백야의 호위 역으로 왔던 것이다.

이것은 당시 월성에게는 그야말로 청천벽력 같은 명령이었다.

하늘 같은 성하가 명령했으니 할 수밖에 없었지만 마음속에는 불만이 가득했다. 그에게는 인간들이 기분 내키면 죽여서 먹어치울 간식거리로밖에 보이지 않았으니까.

하지만 훗날 월성은 그 명령을 받은 것이 자신이었다는 사실을 감사하게 되었다.

당시 백야는 다섯 살이었는데 신의 혈통을 이어받아서 그런지 성장 속도가 보통 인간과는 달랐다. 한 살이 되기 전에 걸음마를 떼고 말을 할 수 있게 되었으며, 다섯 살이 되자 열두세 살 소녀만 한 덩치로 자라나 있었다.

어린 나이에도 다른 인간과 뚜렷하게 구분되는 아름다움과 존재감을 지닌 백야와 눈을 마주치자 월성은 기묘한 감각을 느끼기 시작했다. 머리가 뜨거워지고 가슴이 사정없이 두근거렸다.

지금 생각해 보면 그는 그 순간 직감했는지도 모른다. 이 인간 여자아이가 그의 삶을 결정할 운명이라는 것을.

5

그때부터 월성은 한시도 떨어지지 않고 백야의 곁을 지켰다. 인간들 틈바구니에서 지내야 한다는 점은 마음이 들지 않았지만 성하의 명령은 그에게는 하늘이 명한 것과 같으니 만에 하나라도 불성실한 점이 있어서는 안 되었다.

다섯 살 때의 백야는 이미 조유진에게서 무공과 술법까지 상당한 수준으로 배우고 있었다. 그리고 혼자 있을 때는 늘 우울한 표정을 짓고 있었다.

처음에 월성은 그녀에게 말을 걸지 않았다. 성하에게 구원
받은 후로도 그는 누군가와 대화를 나누는 것 자체가 어색했
기 때문이었다.

하지만 몇 달 동안이나 계속 우울한 표정을 짓고 있는 백야
를 보고 있다 보니 자기도 모르게 질문을 던지고 말았다.

"뭐가 그리 슬픈 거냐?"

"말을 할 수 있었던 거야?"

백야는 그 사실에 깜짝 놀랐다. 월성은 단 한 번도 그녀가
보는 앞에서 말을 한 적이 없었기 때문이다. 몇 달 동안이나
그러했는데 이제 와 입을 여니 놀랄 수밖에.

"할 수 있다."

"근데 왜 안 했어?"

"남하고 말하는 거 안 좋아한다. 별로 해본 적도 없고."

"말을 안 하면 친구들하고는 어떻게 지내? 말을 안 해도 그
냥 통해?"

"친구? 그런 건 없다."

"친구가 없어? 왜?"

백야는 믿을 수 없다는 듯 그를 바라보았다. 월성이 어이없
어하며 말했다.

"없으니까 없는 거지, 왜라니? 그런 건 있어본 적도 없고, 필
요하다고 여긴 적도 없다."

백야는 입을 헤벌린 채로 월성을 바라보았다. 보통 사람과

는 비교할 수 없을 정도로 총명하다고는 하나 다섯 살 어린애
인 그녀로서는 어떻게 월성이 말한 상황이 성립하는지 이해할
수가 없었던 것이다.

"그럼 나랑 친구 할래?"

"뭐?"

"응. 나랑 친구 하자."

"무슨 소리를 하는 거냐?"

"사부님이 그랬어. 넌 죽 내 곁에 있으면서 나를 지켜줄 거
라고."

"그럴 거다."

"말 한 마디 없이 그러는 거 싫어. 그러니까 나랑 친구 하
자."

"……."

"친구 하자, 응?"

월성은 막무가내로 떼를 쓰는 백야를 어떻게 대해야 할지
알 수 없었다. 그는 긴 세월을 살아왔지만 성숙함과는 거리가
멀었다. 상대와 싸워서 죽이는 방법이라면 수도 없이 알고 있
었지만 이런 경우에 어떻게 대처해야 하는가는 완전히 미지의
영역이던 것이다.

지금까지 곤란한 일이 있을 때 그는 상대를 위협해서 쫓아
버렸다. 그 방법이 안 통하는 경우는 거의 없었다.

그렇기에 그런 방법을 쓸 수 없는 상황에서는 쓸 수 있는 방
법이 떠오르지 않았다. 난처해하던 그는 결국 떼쓰는 백야를

뿌리치지 못하고 고개를 끄덕이고 말았다.

"알았다. 친구… 그거 할 테니까 그만 시끄럽게 굴고 대답이나 해봐라."

"정말?"

"정말이다."

"응. 월성, 우리 이제 친구니까… 널 안아봐도 돼?"

"뭐?"

월성은 눈을 휘둥그레 떴다. 백야는 대답을 듣지도 않고 월성을 덥석 안아 들었다.

그녀가 자신을 안아 들었다는 사실이 너무나도 충격적이라서 월성은 돌처럼 굳어 있었다. 그녀가 다가오는 순간 반사적으로 공격을 가하려던 것을 가까스로 억누른 반동이기도 했다.

"한 번이라도 좋으니 여우를 안아보고 싶었어. 월성 너는 정말 폭신폭신하고 따뜻하구나. 상상한 그대로야."

"……."

이 또한 생전 처음 듣는 말이었다.

그리고 월성은 이후 그녀의 곁을 지키면서 그런 경험을 수도 없이 하게 되었다.

"그, 그만 떨어져라."

"응."

"그리고 내 말에 대답이나 해라. 언제까지 네가 하고 싶은 말만 떠들어댈 생각이냐."

"아, 미안. 너무 기뻐서 까먹고 있었어."

"……."

"음. 그러니까……."

백야는 조금 부끄러워하면서 자신이 우울해하는 이유를 말해주었다.

이 마을에 맡겨진 후 그때까지 백야는 늘 특별 대접을 받았다. 마을 사람들은 혹시라도 백야에게 무슨 일이 생길까 두려워하며 그녀의 일거수일투족을 살폈다.

처음에 백야는 그것에 대해서 의문을 품지 않았다. 그러나 모두가 굶주리고, 그로 인해 쇠약해져서 죽는 아이가 나오는 와중에도 자신은 한 번도 끼니를 거르는 일이 없는 것을 보고는 뭔가 이상하다는 사실을 깨달았다.

어느 날 그녀는 조유진에게 물었다.

'왜 늘 저만 이렇게 잘 먹는 건가요? 다른 애들에게도 먹을 것을 나눠주면 안 되나요?'

'그럴 수는 없다.'

'어째서인가요, 사부?'

조유진은 잠시 고민하는 기색이었지만 결국 솔직하게 대답해 주었다.

'우리 모두가 굶주려도 너만은 그래서는 안 되기 때문이다. 누군가 굶어 죽더라도 너는 잘 먹어야 한다. 굶주리는 자를 먹이겠다고 너를 굶게 했다가는 우리 모두가 죽을 수도 있으니까.'

조유진은 백야를 둘러싼 상황의 특수성을 설명해 주었다. 백야의 나이가 어리다 해도 그것을 이해할 수 있을 정도로 총명하다고 여겼기 때문이다.

월성이 지켜본 바로는 조유진은 백야에게 아무것도 숨기려고 하지 않았다. 자신이 백야의 존재를 이용해 인간의 활로를 추구한다는 사실도 마찬가지였다.

처음에는 그것이 부모 역할을 하는 자로서의 애정이라고 생각했다. 그러나 훗날에는 조유진이 백야에게 어른과 아이로서가 아니라 사람 대 사람으로서 성의를 다한 것이었음을 알게 되었다.

자신을 둘러싼 현실을 알게 된 백야는 자신이 이대로 마을 안에서 보호받는 삶을 살아서는 안 된다고 여겼다. 그녀는 타인의 사정을 헤아리고 그 아픔을 이해할 수 있는 사람이었다. 그렇기에 그들의 희생으로 풍족함을 얻으며, 그 희생에 보답할 수 없음을 괴로워했다.

하지만 뭘 어떻게 해야 할까?

과연 자신이 이 슬픈 세상을 바꿀 수 있을까?

고뇌하던 백야는 여섯 살이 되자 마을 밖으로 돌아다니기 시작했다. 마을 사람들이 식량을 확보할 때마다 따라 나가서 그들의 안전을 지킨 것이다.

이 사실을 안 성하는 크게 놀랐다.

"백야, 너는 아직 어리고 미숙하다. 그런데 어째서 위험을 감수하느냐?"

"어머니, 제게는 월성이 있잖아요."

백야가 성하를 어머니라 부르는 것은 조유진이 그렇게 하라 했기 때문이다. 처음에 성하는 그 호칭을 어색해했지만 굳이 거부하지도 않았다. 그리고 시간이 지난 후에는 그녀가 그렇게 불러주는 것을 기대하게 되었다.

"월성은 어머니께서 제 안전을 믿고 맡길 정도로 강하고 용맹한 친구예요. 그러니 걱정 마세요. 감히 이 설산의 누가 어머니의 권위를 무시하고 저를 해하려 하겠어요?"

"친구?"

성하는 굉장히 이상한 말을 들었다는 듯한 반응을 보였다. 요괴에게 있어서 친구라는 관계는 굉장히 비현실적인 느낌으로 다가왔고, 성하 역시 예외가 아니었다.

장구한 세월을 살아왔다고 하나 그들이 다른 존재와 맺은 관계는 단순하고 메말라 있었다. 서로 존중하는 대등한 관계를 맺어본 적도 없고 친애의 정을 나눠본 적도 없었다.

그래서일 것이다. 그들은 백야가 주는 애정에 목말라 있었다.

한 번이라도 더 백야의 모습을 보고 싶었고, 백야가 재잘재잘 떠드는 목소리를 듣고 싶었고, 기뻐하며 웃게 만들고 싶었고, 그녀의 애정 어린 눈길을 받고 싶었다.

그리고 그런 감정은… 어쩌면 그들이 알아서는 안 되는 것이었다.

그들은 모두의 머리 위에 군림하는 맹수였다. 자연계의 맹수들이 그렇듯 모든 것을 자신보다 아랫것으로 내려다보며 언제든지 죽이고 먹어치울 수 있는 존재로 봐야 했다.

그러니 누군가를 향한 애정은 치유할 수 없는 맹독이나 같았다. 하지만 그때는 성하도, 월성도, 그리고 백야도 그 사실을 모르고 그 기적 같은 시간을 즐기기에 여념이 없었다.

6

10년은 성하에게는 눈 깜짝할 순간이었지만 인간에게는 긴 시간이었다.

월성이 백야의 호위 역이 된 지 10년이 흘러 열다섯 살이 된 백야는 성숙하고 아름다운 모습으로 성장했으며, 무공과 술법 양쪽에서 놀라운 성취를 이루었다.

그녀가 외부 활동을 시작한 후로 조유진이 다스리는 마을은 규모가 두 배 이상 커졌고 활동 영역도 넓어졌다. 또한 마을 주민들의 전력도 크게 증가하였는데, 이것은 조유진이 전수하는 무공 수준이 눈에 띄게 진보했기 때문이었다.

백야가 나타나기 전까지 조유진은 모든 것을 혼자 해내고 있었다. 설산의 주민들에게 배운 무공과 술법을 망라하여 독자적인 무공을 창안하고 다듬어서 마을 주민들에게 전수했는데, 다들 그녀에게 배우는 제자일 뿐 그녀의 발전에 도움이 되는 이가 없었다.

하지만 백야가 성장하자 상황이 달라졌다. 백야는 성운의 기재인 조유진 이상의 천재였기 때문이다.

두 천재가 머리를 맞대니 조유진 혼자 애쓰던 때와는 비교도 안 되는 속도로 무공과 술법이 발전하기 시작했다.

그리고 월성도 거기에 한 손을 보태었다.

본래 월성은 술법에 별 조예가 없었다. 영격이 높을 뿐, 지닌 힘을 활용하는 것은 본능과 감각에만 의존하고 있었던 것이다.

그러나 백야와 조유진이 조언을 청해온 것을 계기로 하여 월성 역시 술법을 연마하기 시작했다. 필요성 때문이 아니라 흥미를 느껴서였다. 대마수인 그의 잠재력은 어마어마했기에 술법 분야에서도 엄청난 속도로 발전을 이루었다,

그들 셋은 밤을 지새우며 술법에 대해 토론하고 새로운 술법을 창안하고는 했다. 그것은 정말로 즐거운 시간이었다.

월성의 삶은 끝없는 투쟁으로 이루어져 있었다. 맹수들이 그러하듯 그는 누군가에게 배우거나 기술을 이론화하고 연마해 본 경험이 없다. 그렇기에 자신이 지닌 힘의 본질을 탐구하고 그 가능성을 연구하는 시간은 수백 년을 살아오면서도 한 번도 맛보지 못한 충실감을 선사해 주었다.

또한 이때의 경험은 월성이 인간을 보는 시각을 뿌리째로 뒤흔들었다.

백야의 곁을 지키는 동안 월성은 백야를 소중한 친구로 생각하게 되었지만 그렇다고 해서 다른 인간들을 보는 시선까지 달라졌던 것은 아니다. 하지만 술법을 연마하는 과정에서 조유진 또한 특별한 존재로 여기게 되었다. 그녀는 자신과 대등한 입장에서 생각을 주고받으며 발전해 나갈 수 있는 대상이었다.

그리고 그것을 시작으로 그가 다른 인간들을 보는 시각도 서서히 달라져 갔다.

뭐든지 처음이 힘든 법이다. 첫걸음을 내딛고 나면 두 번째, 세 번째 걸음은 쉬웠다. 월성에게도, 사람들에게도 그랬다.

첫 단추를 끼운 것은 백야의 친구들이었다. 백야는 친구들의 무공과 술법을 보완해 주는 과정에서 자연스럽게 월성을 끌어들였고, 월성과 아이들 사이에 자리하던 벽은 깜짝 놀랄 정도로 쉽게 허물어졌다.

아이들이 월성과 장난을 쳐가며 떠드는 것을 본 마을 사람들도 하나둘씩 용기를 내어 다가왔다. 그럴 때마다 월성은 귀찮아하는 기색을 보였지만 거부한 적은 한 번도 없었다.

그들과 말을 나누고, 그들이 주는 음식을 먹고, 그들을 위협으로부터 지켜주며 하나하나의 얼굴과 이름을 알았다. 그리고 그들의 삶과 감정을 배웠다.

그러던 어느 날 백야가 물었다.

"월성, 무슨 일 있어?"

"무슨 일이라니?"

"뭐가 그리 슬퍼?"

월성은 순간 멍해지고 말았다. 그 질문은 자신이 백야에게 처음으로 던졌던 것과 완전히 똑같았기 때문이다.

그 질문을 통해 월성은 스스로의 마음을 깨달았다.

지난 10년 동안 그는 인간에게 사랑받는 존재가 되었다. 그 것은 무척이나 기쁜 일이었지만 동시에 그에게 어두운 상처를 만들었다.

"…너를 만나기 전의 일을 생각하고 있었다."

백야를 만나기 전까지, 월성은 인간이 어떤 존재인지 몰랐 다. 인간만이 아니라 자신과 관계하는 모든 존재에 대해서 아 무것도 몰랐고, 알려고 들지도 않았다.

그렇기에 그들을 짓밟고, 죽이고, 희롱하며 죽이는 데 주저 함이 없었다. 그들이 울부짖는 것을 보면서도 죄책감을 느끼 지 못했다.

하지만 백야와 함께한 10년은 월성을 송두리째 바꿔놓았다.

이제 그는 인간의 마음을 알았다. 그들에게 사랑받는 것을 자랑스러워하는 존재가 되었다.

그러니 자신이 과거에 저지른 일들이 어떤 의미를 지니는지 도 알았다.

죄책감과 슬픔이 월성의 마음을 무겁게 짓눌렀다.

"월성, 나는 이 설산을 바꿀 거야."

백야는 그런 월성을 위로하는 대신 엉뚱한 이야기를 했다.

"사람들이 슬픔을 강요받지 않는 세상을 만들 거야. 모두가 자신의 운명을 살아갈 수 있는 그런 세상을."

"……."

"나를 도와줘. 나 혼자서는 무섭지만 네가 도와준다면… 할
수 있을 것 같아."

어쩌면 이때 백야는 어렴풋이 눈뜨기 시작한 예지의 힘으로
자신의 결의가 가져올 결과를 짐작했는지도 모른다.

"…잊었나? 내 사명은 너를 지키는 것이다. 설령 세상 모두
가 등 돌린다고 하더라도, 나만은 네 편으로 남을 것이다."

그 맹세가 진정으로 갖는 의미를 알게 되는 것은 훗날의 일
이다. 하지만 지옥 같은 괴로움과 마주하게 되었을 때도 월성
은 그 맹세를 후회해 본 적이 없었다.

7

변화는 꾸준히 일어나고 있었다.

조유진은 백야의 양육을 맡은 순간부터 그녀의 존재를 적극
적으로 활용했으며, 그런 속내를 백야에게 전혀 감추지 않았
다. 백야의 존재가 어떤 의미를 갖는지, 그리고 자신이 그녀를
통해 무엇을 이루기를 바라는지 정직하게 말해주었다.

백야는 조유진의 야심을 거부하지 않았다. 어린 시절 자신
을 둘러싼 슬픈 현실을 알게 된 이래로 그녀는 늘 그것을 바꾸
고 싶어 했으니까.

그러나 성하는 그런 백야의 마음을 좀처럼 이해하지 못했

다. 백야와 성하는 서로를 사랑했지만 둘 사이에는 결코 넘을 수 없는 벽이 존재하고 있었던 것이다.

왜냐하면 성하는 백야를 사랑할 뿐 인간들에게는 관심이 없었으며, 관심을 가질 까닭도 없었기 때문이었다. 또한 성하의 시간 감각이 인간의 그것과는 너무나 큰 격차가 있다는 것도 원인이었다. 성하에게는 10년조차도 긴 시간이 아니었다. 실시간으로 해결해야 하는 문제가 없다면 성하는 몇 년 동안 잠들 수도 있었고 수개월 동안 명상에 빠질 때도 있었다.

그러니 성하가 백야를 '종종 보러 오는 것'은 인간이 그러는 것과는 전혀 의미가 달랐다. 빨라봐야 몇 주에 한 번, 늦으면 몇 개월에 한 번씩 찾아왔고 그때마다 백야가 쑥쑥 자라는 것에 감탄하고는 했다.

"어머니가 너처럼 내 곁에서 함께 지내셨다면 나를 이해해 주셨을까?"

"그럴지도 모르지."

월성도 인간과는 시간 감각이 다른 존재였다. 그러나 10년 동안 백야의 곁에 머무르며 인간과 관계해 왔기에 인간을 이해할 수 있게 되었다.

열다섯 살이 되어 성인식을 치른 백야는 본격적으로 움직이기 시작했다.

그때까지도 마을에서는 끊임없이 희생자가 나왔다. 백야와 월성의 보호 없이 마을을 나선 사람들이 요괴들에게 습격당하는 일이 드물지 않았던 것이다.

백야는 마을을 위협하는 요괴 세력들을 연이어 격파하여 사람들이 안전하게 활동할 수 있는 영역을 확보했다.

만약 거기서 멈췄다면 파국은 시작되지 않았을 것이다.

하지만 백야도, 조유진도 그것으로 만족하지 않았다. 그들은 설산 곳곳에 흩어져 살고 있는 모든 인간들을 구원하길 바랐다.

험난한 싸움이 시작되었다.

백야와 조유진은 뚜렷한 전략적 목표를 세워놓고 있었다.

'인간 마을의 수를 반 이하로 줄이고, 숨어 사는 영수들을 인간의 편으로 끌어들여 보호자 역할을 맡긴다. 그리고 인간 마을을 사육장으로 삼은 요괴 세력을 격파하여 불가침의 맹약을 맺는다.'

불가침조약이 영원할 필요는 없었다. 당장의 위협을 격파하고 인간들이 스스로를 지킬 힘을 기를 때까지만 서로 함부로 공격하지 못하는 분위기를 만들 수 있다면 충분했다.

백야와 조유진이 전쟁을 수행하는 과정에서 많은 피가 흘렀다.

그들이 가장 신경 쓴 것은 이 전쟁이 지나치게 과열되지 않는 것이었다. 눈앞의 일에만 급급한 요괴의 좁은 시야를 이용, 모든 분쟁을 국지적인 수준에 그치도록 조절했다.

"백야, 어째서 이런 일을 하는 것이냐? 이미 네 마을은 설산에서 누구도 무시하지 않는 당당한 세력으로 자리 잡았다. 그들의 존중을 이끌어낸 것으로 만족하면 안 되겠느냐?'

성하는 그런 백야의 행동을 못마땅해했다.

그렇다고 해서 백야에게 자신의 뜻을 강제하지는 않았다. 백야는 계속되는 싸움 속에서 스스로의 힘을 증명했으니 어리고 약한 존재로 대할 수 없다. 또한 성하가 정한 설산의 율법을 어기지도 않았으니 왕으로서 제지할 수도 없다.

"어머니, 죄송합니다. 저를 걱정해 주시는 마음은 알지만 저는 그만둘 수 없어요."

"이유를 말해주겠느냐?'

"살아 숨 쉬는 권리조차 짓밟혀서 울부짖는 사람들이 있기 때문입니다. 저는 도저히 그들의 눈물을 외면할 수 없어요."

백야의 진심은 성하에게 닿지 않았다.

인간의 몸으로 태어났고, 인간들 속에서 자라났으며, 인간에게 배운 백야는 신의 힘을 지녔으면서도 인간이었다. 그렇기에 그녀는 지극히 인간다운 존재일 수밖에 없었다.

어째서 혈육도 아니고, 얼굴은커녕 이름조차 모르는 타인의 고통에 공감하고 그를 구원하고자 하는가?

같은 인간이기 때문이다.

하지만 요괴인 성하는 그 인간다움을 공감하지 못했다.

백 보 양보해서 혈육이라서 소중히 여긴다면 이해할 수 있다. 좀 더 양보해서 같은 무리라서 소중히 여긴다면, 그것까지도 이해할 수 있다.

하지만 그저 동족이라는 것 말고는 아무런 관계도 없는 타인을 소중히 여긴다니, 그것은 성하에게는 도저히 이해할 수 없는 행위였다.

"…모르겠구나. 나는 모르겠어. 하지만 네가 바란다면 어쩔 수 없지. 부디 네가 다치는 일이 없었으면 좋겠구나."

이때쯤 성하는 자신을 구속하는 계약의 힘이 흐릿해진 것을 느끼고 있었다.

"인간의 시간은 너무나도 빠르구나. 나로서는 기뻐해야 할 일이건만 왜 그렇지 못한지 모르겠다."

백야가 이미 장성하여 스스로의 의지로 앞길을 선택하는 존재가 되었기 때문이었다. 맹약의 의무를 다하기까지 그 열 배 이상의 시간을 각오하고 있던 성하 입장에서는 다소 맥이 빠지는 일이었다. 성하에게 있어서 백야가 장성하기까지의 시간은 너무 짧게만 느껴졌으니까.

어쨌거나 성하가 그녀 아비와의 약속을 지켰으니 이제 백야의 삶은 온전히 스스로의 선택으로 이루어져야 했다. 성하는 백야를 아끼고 사랑하지만 설산의 왕으로서 지켜야만 하는 공정함이 있었다.

성하가 해줄 수 있는 일은 월성으로 하여금 백야의 목숨을 지키게 하는 것뿐, 백야는 스스로의 행동을 책임져야 할 것이다.

8

백야와 조유진은 차근차근 목적을 달성해 갔다.

　인간 사육장을 차례로 해방시켰으며, 그들을 한데 모아서 어느 정도 규모가 있는 마을들을 만들었다. 그리고 요괴와 마수들을 피해 숨어 살던 영수들을 포섭해 나갔다.

　백야가 열여덟 살이 되었을 때, 인간 사육장 다섯 개가 해방되어 두 개의 마을로 합쳐졌다. 조유진은 이들과 긴밀하게 교류하면서 무공과 술법을 전수하는 한편, 주변의 요괴 세력을 약화시키면서 시간을 끌었다.

　가축 신세에서 벗어난 인간들은 백야를 신처럼 우러러보았다. 그들에게 있어서 백야는 하늘이 내려준 구원의 빛이었다.

　"인간이여, 주제 모르는 탐욕의 대가를 치를 때가 왔다."

　아무리 총명한 이라도 모든 것을 알 수는 없는 법이다.

　요괴와 마수 세력들을 약화시키는 과정에서 전혀 예상 못한 문제가 튀어나왔다. 백야가 죽인 마수가 거대한 세력을 지닌 대마수의 혈육이었고, 혈육의 죽음에 분노한 대마수가 수하들을 보내온 것이다.

　백야는 스스로의 행동을 후회하지 않았다.

　"주제 모르는 탐욕이라고? 그저 가축처럼 사육당하지 않고 사람답게 살고 싶어 할 뿐이거늘, 그런 소망을 두고 어찌 그렇게 말할 수 있느냐?"

　"버러지처럼 약한 것들이 탐욕을 품었으니 어찌 주제를 안다 하겠느냐?"

"약자는 강자의 횡포를 무조건 감내해야 한단 말이냐?"

"당연한 소리를 하는구나. 약자 자신이 강자의 양식이 될 수 있음을 감사해야 한다. 인간은 애당초 설산에서 나지도 않은 외부의 존재. 설산에서 살게 해준 것만으로도 목숨을 다해 갚아야 할 은혜 아닌가?"

그것은 사육장 속 인간의 개체수를 유지하기 위해 외부의 인간을 납치해 오던 포식자들이 해서는 안 되는 말이었다.

"그것이 생후 백일이 되지 않은 아기만을 골라 먹으며 미식가라 자처하는 행위를 정당화해 준단 말이냐!"

백야가 격노했지만 그녀를 징치하겠다고 온 대마수의 수하는 태연했다.

"그게 뭐가 나쁘지? 위대한 분의 후손으로서 당연한 권리를 누렸을 뿐인 것을."

"그것이 네 신념이라면, 네 신념을 존중하마. 스스로의 말에 책임을 지도록 해라."

백야는 대화를 나누던 마수를 단 일격에 격살하고 자신의 뜻을 전할 사자 노릇을 할 한 명을 제외한 모든 마수와 요괴를 죽여 버렸다.

전쟁이 시작되었다.

대마수는 크게 분노하여 자신의 영향하에 있는 마수들과 요괴들을 움직였다. 인간들은 제대로 힘을 기르기도 전에 끊임없는 싸움 속에 내던져졌다.

"백야, 모두가 네가 존중해야 하는 강자임을 알았을 것이다.

그러니 이제 그만하면 안 되겠느냐?'

성하는 백야가 스스로를 위험 속으로 내던지는 것을 안타까워했다.

전장에 서면 백야는 혼자의 몸이면서도 군단이나 마찬가지였다. 하지만 결국 혼자이기에 설산 곳곳에서 사람들이 죽어나가는 것까지는 막을 수 없었다.

그래도 그녀는 멈추지 않았다. 그녀를 추앙하는 인간들은 혈육이, 친인이 죽을 때마다 간절히 매달렸다.

'사람답게 살고 싶었지만 우둔하고 약하여 그럴 수가 없었습니다. 제발 복수해 주십시오.'

백야는 그들의 눈물을 외면하지 못했다. 그저 매달리는 사람들 때문만이 아니었다.

'괴로워. 내 몸이 뜯어 먹혔어.'

'그놈이, 그놈이 나를 물어뜯었어. 내 아들을 상난감처럼 잡아 찢으면서 먹어치웠어.'

'용서 못 해.'

'이 원한을 갚기 전에는 눈을 감지 못한다. 절대로……!'

백야는 그 어떤 술법사나 영수보다도 강한 영적 감각을 지니고 있었다. 죽어서도 이승을 떠나지 못하는 자들의 목소리가 귓가에서 떠나지 않았다.

산 자도, 죽은 자도 모두 백야에게 의지하고 있었다. 오직 그녀만이 인간들을 위한 방벽이며, 끓어오르는 원한을 풀어줄 검이었다.

9

전쟁의 불길은 설산 전체로 번져갔다. 인간과 영수의 피가 끊임없이 흐르는 가운데 그들의 결속은 단단해져 갔다.

어느 날, 조유진이 백야를 앉혀놓고 탄식했다.

"미안하다."

"어째서 사과하시나요, 사부님?"

"내가 부족했다. 사태가 이 지경에 이르러서는 안 되는 것이었는데……."

"사부님 탓이 아니에요. 제가 사부님처럼 감정을 잘 다스렸다면 이런 일이 벌어지지 않았을 거예요."

조유진은 얼음보다도 냉철한 여성이었다. 그녀는 일을 수행할 때 우선순위를 정하고, 목적을 달성하기 위해서는 얼마든지 우선순위가 낮은 것을 희생시킬 수 있었다.

하지만 백야는 머리보다는 가슴으로 움직이는 사람이었다. 그녀는 먼 곳의 목표를 위해 눈앞에 있는 약자의 눈물을 외면하지 못했다.

그리고 그런 행동들이 하나둘씩 누적된 결과, 상황은 통제

불가능한 거대한 혼돈으로 변해갔다. 모든 요괴와 마수가 인간을 적대하기 시작했고, 인간은 연약하기 그지없으니 결국 싸움은 백야의 몫이었다.

월성은 늘 백야를 지켜볼 수밖에 없음을 슬퍼했다.

그는 백야를 돕고 싶었다. 그녀가 바라는 것을 이루어주고, 자신과 마음을 나눈 인간들에게 더 나은 미래를 주고 싶었다.

그러나 그에게는 성하의 여덟 수족이라는 입장이 있었다. 자신이 적극적으로 움직였을 때 어떤 반동이 돌아올지 알기에 아무것도 하지 못했다.

백야는 그런 그를 탓하지 않았다. 그저 그의 입장에서도 할 수 있는 일들을 맡겨줄 따름이었다.

하지만 시간이 지날수록 월성은 스스로의 무력함을 체감하며 자책에 빠질 수밖에 없었다. 인간들이 백야도, 조유진도 상상하지 못한 행동을 시작했기 때문이다.

오랜 시간 동안 요괴들에게 사육당한 인간들의 증오와 원한은 헤아릴 수 없을 정도로 깊었다. 그들은 백야가 자신들을 지켜주고, 해방된 후에 발생한 원한을 갚아주는 것에 만족하지 않았다.

그들 중에는 해묵은 원한을 잊지 못하는 자들이 수두룩했다. 도저히 견딜 수 없는 원한을 풀기 위해 그들은 극단적인 길을 택했다.

원한의 대상을 찾아 스스로의 목숨을 던짐으로써 백야를 움직였던 것이다.

"아……."

백야는 죽은 자들이 울부짖는 소리를 외면할 수 없었다.

"아아아아아……."

자신이 아무리 노력해도 그들을 구원할 수 없음에 슬퍼하고 절망하며 울었다.

그리고 파국이 시작되었다.

10

화창한 날이었다.

"사부님……?"

겨울에는 드물게도 햇빛이 밝고 하늘이 푸르렀던 어느 날, 백야는 요괴들에게 뜯어 먹히고 있는 조유진의 시신을 보았다.

사부를 죽인 원수가 누구인지 안 그녀는 아연해졌다.

"당신이 왜? 어째서?"

당시 성하의 여덟 수족 중 하나였던 대요괴 빙염귀가 조유진을 죽였던 것이다.

빙염귀가 답했다.

"이곳의 인간들은 율법을 어겼다. 네 사부는 감히 율법을 농락하려고 들었기에 죽은 것이다."

그곳은 갓 해방된 인간 사육장이었다.

며칠 전 백야가 그곳을 지배하던 요괴 세력을 격파했다. 조유진과 영수들은 해방시킨 인간들을 그동안 안정된 다른 마을로 이주시키기 위해 남아 있었다.

그런데 백야가 당장 그들을 먹일 식량을 구하기 위해 자리를 비운 동안 사건이 터졌다.

그 마을을 사육장으로 삼은 것은 마수 일족이었다. 그들은 일족의 안정적인 번성을 위해 인간들을 사육하여 식량으로 삼았다.

그동안 마을 사람들은 스물다섯 살이 되면 죽음을 받아들여야 했으며, 때때로 마수 일족에서 우두머리의 혈손들은 특별식이라며 어린아이들마저 죽여 먹어치워 왔다. 당연히 마을 사람들의 원한은 하늘을 찌를 듯 높았다.

그리고 원한에 미친 사람들은 앞뒤를 가리지 않는다.

"아, 안 돼……."

조유진은 자신이 마을의 영향력 있는 자들과 이주에 대해서 이야기하는 동안 벌어진 일을 보고 아연해졌다.

백야와 그녀는 마수 일족을 격파할 때, 우두머리부터 시작해서 당장 전투에 나설 수 있는 자들은 모조리 죽였다. 그러나 전투 능력이 없는 노쇠한 마수들과 어린 마수들은 제압만 해두었다.

이것은 그동안 전쟁을 치르면서 철두철미하게 지켜온 원칙이었다. 눈앞의 세력을 몰살시켰을 때, 만약 그들이 설산에 존재하는 그들 종의 전부라면 성하의 율법을 어기는 것이 되기 때문이다.

그런데 원한에 눈이 먼 사람들이 꼼짝 못 하게 제압당한 마수들을 모조리 참살해 버렸다.

"어쩌자고 이런 일을 벌인 것인가. 내가 그토록 설명했거늘!"

조유진은 일을 저지른 자들을 호통쳤다.

그녀는 마을 사람들에게 충분히 이유를 설명해 주었다. 그런데도 이들은 기어이 일을 벌인 것이다.

"하하하! 내 어머니와 동생은 이놈들에게 특별식이라며 먹혔소. 그 원한을 잊으라고? 어떻게 그럴 수가 있나!"

"내 딸은 이 늙은 마수의 보양식이라면서 내 앞에서 갈가리 찢겨 죽었지. 그때 반항했다는 이유로 나는 왼팔이 잘리고 눈 하나를 파먹혔다오. 원한을 갚았으니 이제야 딸아이의 뒤를 따라갈 수 있을 것 같소."

그들은 자신이 저지른 짓을 후회하지 않았다.

그렇다고 해서 무책임하게 굴었던 것도 아니다. 그들은 처음부터 책임을 지고 자결할 생각이었다.

하지만 조유진은 그들을 만류했다. 그들을 불쌍하게 여겨서는 아니었다.

"당신들에게 책임을 질 마음이 있다면 기다려 주시오. 지금 죽어버리면 아무것도 책임질 수 없게 되오."

조유진은 제발 이들에게 죽은 것이 마수 종족의 전부가 아니길 바랐다. 설산의 다른 곳에 이들과 동족인 마수가 한 마리라도 살아 있다면 성하의 율법을 어기지 않은 셈이니까.

하지만 그 희망이 짓밟히는 데는 얼마 걸리지 않았다.

"인간 여자, 방자함이 도를 넘었구나. 그분께 백야의 양육을 맡은 것이 뭐든지 네 마음대로 해도 되는 이유가 되는 줄 아느냐?"

성하의 여덟 수족 중 하나, 대요괴 빙염귀가 율법을 어긴 인간들을 벌하기 위해 왔다.

조유진은 그를 상대로 협상에 나섰다. 고개를 숙여 용서를 구하며 사정을 설명하고, 일을 저지른 자들을 그 앞에서 자결시키는 것으로 일을 마무리하려고 하였다.

"웃기는군. 네 간악한 수작이 내게도 통하리라 보았느냐? 율법을 어겼으면서 쓸모없는 인간 몇을 희생시키는 것으로 무마할 수 있다고 여기다니, 네 오만함은 도를 넘었다!"

빙염귀는 조유진을 죽이고 그 자리에 있던 인간들을 학살했다.

그 학살이 완료되기 전, 아직 완전히 각성하지 못한 예지의 힘으로 조유진의 죽음을 감지한 백야가 날듯이 달려와 그 앞에 섰다.

빙염귀가 들려준 사정을 들은 백야는 처참한 조유진의 시신을 안고 울었다.

월성이 격노했다.

"빙염귀! 율법을 어긴 자들을 벌하면 그만인 것을, 어째서 조유진을 죽였느냐!"

"흥! 진실을 증언할 자는 모두 죽었다. 그런데 율법을 어기고 그들을 몰살시킨 자의 말을 믿으라고? 그게 가당키나 한 일이냐?"

"네놈, 처음부터 조유진이 이곳에 있다는 것을 알고 자원해서 달려왔구나. 백야가 없는 새에 일을 처리한 것도 의도한 바겠지?"

"……."

불처럼 화를 내는 월성의 추궁에 빙염귀가 움찔했다. 월성이 으르렁거렸다.

"역시 그렇군. 용이군이 왔다면 분명 그의 말이 참인지 거짓인지 알고 공정하게 처리했을 것이야."

월성의 눈이 흉흉한 살기로 빛났다. 용이군은 상대방의 말의 참과 거짓을 가릴 수 있는 능력을 지닌 마수로, 성하의 여덟 수족들이 일을 진행함에 있어 신중할 필요가 있다고 여긴다면 그의 도움을 받고는 했다.

"그리고 네놈도 조금이라도 공정하고자 했다면 진실을 가리려는 시늉이라도 했을 것이다. 하지만 네놈은 그러지 않았지. 처음부터 조유진이 마음에 안 들어서 죽일 기회만 호시탐탐 노리고 있었구나!"

"하! 지금 고작 버러지 같은 인간 하나 죽였다고 내가 무슨 죄라도 저지른 것처럼 추궁하는 거냐?"

"……."

"그 인간 여자는 지금까지도 그분이 백야를 총애한다는 사실을 이용해서 설산의 질서를 어그러뜨려 왔다. 그 인간 여자만 아니었다면 인간들이 주제를 모르고 설쳐댈 일도 없었지! 나는 그 인간 여자에게 자신이 저지른 죄의 대가를 치르게 했을 뿐이다!"

"그것이 죄라고? 네가 뭔데 감히 무엇이 죄인지 결정하느냐!"

그때 백야가 눈물로 얼룩진 얼굴로 그들 사이에 끼어들었다. 월성이 당황해서 그녀를 제지했다.

"백야, 잠깐만 기다려라. 여기는 내가……."

"아아아아아아……!"

백야는 울부짖으며 검을 뽑아 들었다.

처음에 빙염귀는 코웃음을 쳤다. 이때는 성하의 여덟 수족 모두가 설산 최강의 존재들로만 구성되었던 시절이다. 그런 만큼 빙염귀는 백야를 얕잡아 보았다.

"백야, 그분께서는 이미 너에 대한 도리를 다하셨다. 그러나 여전히 너를 사랑하시니 나도 네 목숨만은 해하지 않으마."

그 여유 만만함이 죽음의 공포로 변하기까지는 얼마 걸리지 않았다.

"자, 잠깐만! 그만둬라! 정말로 나를 죽일 셈이냐? 여기까지면 괜찮다. 하지만 나를 죽이면 너는 그분을 거역……!"

백야는 그가 뭐라고 떠들든 하나도 듣지 않았다. 그녀로부터 샘솟는 신의 권능이 얼음으로 이루어진 지옥을 만들어내었고, 빙염귀는 처참한 고통 속에서 죽었다.

그리고…….

"사부님, 죄송해요……."

신화로 기록된 파국이 시작되었다.

11

눈보라가 휘몰아치는 하늘을 올려다보던 월성의 눈이 형운
과 진예에게 향했다.

─때로는 서로를 깊이 사랑하면서도 서로를 이해할 수 없
다. 서로를 위하는 마음이 깊고 단단한데도 입장 때문에 서로
에게 칼을 들이댈 수밖에 없다. 나는 백야와 그분의 싸움에서
그런 슬픔이 있음을 배웠다.

성하는 어떻게든 백야를 용서하고자 했다. 월성이 그녀를
열성적으로 변호해 준 덕분이었다.

'조유진이 네 부모와 같았음을 안다. 빙염귀가 경솔하게 굴었
다는 점도 참작하마.'

빙염귀를 죽인 것이 잘못임을 인정하고 사죄할 것. 그날 살
아남은 인간들을 손수 죽여서 바칠 것. 그리고 향후 백 년 동
안 인간들과 떨어져 감금 생활을 할 것.

이상의 처분을 받아들인다면 왕의 위엄을 훼손한 백야를 용
서해 주겠다고 선언했다.

'어머니, 죄송합니다. 그 말씀은 따를 수 없습니다.'

그러나 백야는 성하가 내민 마지막 손길을 거부할 수밖에 없었다.

빙염귀를 죽인 것을 인정하고 사죄하는 것은 사부인 조유진의 삶이 틀렸다고 인정하는 것이나 마찬가지다. 백야는 목에 칼이 들어오더라도 사부를 부정할 수 없었다.

오히려 조유진이 백야의 입장이었다면 성하의 말을 따랐을지도 모르겠다. 그녀는 전체의 생존을 위해서라면 얼마든지 소수를 희생시키는 사람이었으니까. 하지만 백야는 지옥 속에서 겨우 살아난 자들을, 그것도 아이들을 포함한 이들을 자신의 손으로 죽일 수 없었다.

백 년 동안 인간들과 떨어져 감금 생활을 하는 것도 마찬가지다. 애당초 인간은 백 년을 살 수 없지만, 신의 혈통인 백야의 수명은 그만큼 길 것이다. 하지만 그녀가 그 처분을 받아들이면 남겨진 인간들은 어찌 될 것인가?

분명 해방된 삶은 백일몽처럼 부서지고 요괴들과 마수들에게 사육당하던 예전으로 돌아가게 될 것이다.

─결국 백야는 그분과 적대할 수밖에 없었다…….

"…그리고 당신께서도 백야의 편으로 남기를 선택하신 거군요."

─그랬지.

형운의 말에 월성은 공허하게 웃었다. 하지만 형운은 작은 설산여우의 얼굴에서 깊은 슬픔과 그리움을 읽을 수 있었다.

'아…….'

이제는 알 수 있을 것 같았다. 어째서 대마수인 그가 장구한 세월 동안 마수로서의 본성을 포기하고 살아왔는지, 그리고 속죄하듯 자신의 삶을 희생하는 길을 택했는지.

백야에 대한 애정만이 아니었다. 그는 백야와 만나기 전, 무지했던 시절에 저지른 일들에 대한 죄책감에 수백 년 동안이나 괴로워했던 것이다.

—나는 홀로 남겨져 수백 년을 살았다. 가슴이 찢어질 듯 괴로웠던 일들도 모두 과거가 되었지. 아직도 눈을 감으면 그 일들이 선하지만, 그때의 웃음도, 울음도 모두 기억하지만… 그럼에도 그것이 과거가 되었음을 받아들였다.

월성은 눈을 지그시 감으며 말했다.

—하지만 아마도 그분은 지금도 그때를 살고 계시겠지. 언제까지고 그때의 괴로움을 곱씹으며 고통스러워할 것이다.

성하의 시간 감각이 인간보다 훨씬 장대하기 때문만이 아니다. 월성은 성하와 자신의 가장 큰 차이는 관계의 연속성이라고 보았다.

월성은 백야의 곁에서 그녀를 통해 인간을 보았다. 인간이 태어나는 것을 보고, 그들이 자라는 것을 보고, 그들이 울고, 웃고, 떠드는 것을 보면서 인간과 같은 시간을 공유하고 그들을 이해해 갔다.

그러나 성하에게는 그런 경험이 없었다. 그녀는 언제나 모든 것을 높은 곳에서 굽어보았다. 그러니 자신과 다른 시간을 살아가는 자들을 이해할 수 없는 것이 당연했다.

─그리고 두 번의 봉인은 그 괴리를 상상도 할 수 없을 정도로 크게 벌려놓았을 것이다.

월성은 200년 전의 싸움에서 그것을 느꼈다.

그때 백야와 성하는 200년의 시간을 뛰어넘어 그 시대에 나타났다는 공통점을 갖고 있었다. 그러나 월성은 그 후로 200년을 인간을 지켜보며 살아왔기에 그들과 자신 사이에 커다란 괴리가 생겨났음을 실감했던 것이다.

─500년은 긴 시간이었지. 세상은 변했다. 그러나 그분은 그것을 이해하지 못해. 왜냐하면 그 변화의 일부로 살아가지 않았기 때문이다.

성하는 수백 년 전의 감정을 오늘 아침에 느낀 것처럼 생생하게 유지하고 있다. 헤아릴 수 없을 정도로 깊은 원한과 분노가 퇴색하지 않는데 어찌 타협할 수 있겠는가?

─그분에게는 모든 인간이 똑같다. 그분이 사랑했던 것은 오직 백야뿐, 다른 인간은 그저 인간일 뿐이지.

성하는 백야를 그 지경으로 내몰았던 인간에게 크나큰 분노와 증오를 품었다.

그리고 성하에게 있어 그 원한의 대상은 특정한 개개인이 아니다. 설산의 인간 모두다.

─그분에게는 500년 전의 인간들과 현세의 인간들이 똑같은 존재로 보이는 것이다. 그 사실이 의미하는 바를 이해할 수

있겠는가?

"……."

형운은 숨을 삼켰다. 비로소 성하가 보이는 증오를 이해할 수 있을 것 같았다.

인간을 감정을 투영하는 대상으로 보지 않고 그저 인간이라는 존재로만 보았던 신과 같은 존재가, 그 감각을 초월하여 한 인간을 사랑했고 그로 인해 깊은 마음의 상처를 입었다. 그리고 그 증오와 원한은 어느 시대의 누군지를 구분하지 않고 모든 인간을 향하고 있는 것이다.

인간과 그녀 사이에는 절대로 좁혀질 수 없는 간극이 존재하고 있었다. 결국 둘 중 하나가 사라지는 것만이 유일한 해결책이었다.

가만히 듣고 있던 진예가 물었다.

"월성님께서는 왜 죽어서도 이승을 떠나지 않고 이때를 기다리셨던 건가요? 그저 진실을 이야기해 주시기 위해서만은 아니었던 것 같습니다."

─나는 우리 시대에 시작된 비극을 끝내고 싶었다. 그러기 위해서 이 시대까지 살아왔고, 죽었으면서도 아등바등 버텨왔지.

슬프게 웃은 월성이 형운과 진예를 바라보았다.

─이미 죽은 몸뚱이지만 대마수라 불렸던 나의 영육은 너희들에게 도움이 될 수 있을 것이다. 무엇보다 형운.

"말씀하시지요."

─너의 존재는 천운이구나. 너는 외인이지만 목숨을 걸고 백야문을 돕기 위해 왔으니 이미 이 일의 당사자다. 또한 너는 백야문만큼이나 빙령과 깊은 인연을 가진 존재지.

눈을 감는 월성의 모습이 빛방울로 흩어져 가기 시작했다. 그 변화는 눈앞의 환영에만 그치지 않았다. 얼음 속에 있는 월성의 시신 역시 빛으로 부서져 간다.

─그러니 너는 나를 받아들일 수 있을 것이다.

월성의 모습이 수많은 빛방울로 변해 형운과 진예에게 스며들었다.

─백야, 미안하다. 먼저 가서 기다리겠다. 부디 우리가 다시 만날 수 있기를…….

월성의 말이 환청처럼 귓가를 맴돌다가 스러져 갔다.

그리고 빛이 스러졌을 때는 아무것도 없었다. 월성의 환영은 물론이고 얼음 속의 시신마저도 흔적도 없이 사라진 후였다.

제153장
그녀의, 그리고 모두의 삶

성운을 먹는 자

1

월성이 사라지고 나자 형운과 진예는 석상처럼 굳은 채로 서 있었다. 이연주는 두 사람에게 중요한 변화가 일어나고 있음을 알아차렸기에 묵묵히 주변을 경계하며 기다려 주었다.

먼저 정신을 차린 것은 형운이었다.

"이런."

"왜 그러시나요?"

진예도 그를 따라서 정신을 차리고 물었다.

하지만 뭔가를 느끼고 표정이 굳은 형운과 달리 그녀는 영문을 모르겠다는 얼굴이었다. 그녀는 자신과 형운의 내면에 월성의 존재가 나누어져서 깃들었음을 알았고, 그것이 완전히 자리 잡기까지는 아직 시간이 필요함도 알았다. 형운도 이 사실을 알고 있을 텐데 무엇을 느꼈기에 의식을 바깥으로 향했단 말인가?

형운이 말했다.

"우리 위치가 발각됐습니다."

"누구에게 말이지요?"

"강력한 요괴입니다. 아무래도 성하의 여덟 수족 중 하나인 것 같군요."

이곳은 아까 전까지만 해도 월성의 술법으로 보호받고 있었다. 월성은 대마수인 자신의 시신이 요괴와 마수에게 노려질 것을 알았기에 특정한 조건을 갖춘 이만이 찾을 수 있도록 은닉해 두었던 것이다.

하지만 이제 그 술법은 깨졌다.

형운이 말했다.

"서둘러서 백야문으로 돌아가야겠습니다."

백야문의 결계는 여전히 건재하다. 그것을 힘으로 깰 수 있는 것은 오직 성하뿐, 다른 존재들로부터는 안전한 장소였다.

셋은 눈밭을 헤치고 이동하기 시작했다. 이곳은 진예와 이연주도 어디인지 알지 못하는 곳이었지만 형운이 있기에 길을 헤맬 염려가 없으니 다행이었다.

컹컹컹!

문제는 적들이 형운 일행의 움직임을 훤히 파악하고 있다는 것이다.

늑대가 짖는 소리와 함께 회색 털의 곰 마수와 늑대 마수 무리가 달려들었다.

'젠장. 백안이라는 놈 같은데, 까다롭게 되었군.'

월성의 술법이 깨졌을 때, 광범위한 탐지 술법이 형운을 포착했다. 술법을 구사하고 있는 것은 하얀 여우인간이었다. 형운은 지금 이 순간에도 그의 시선이 따라붙고 있는 것을 알 수 있었다.

유감스럽게도 일행 셋 중에 탐지 술법을 차단할 수 있는 자는 없었다. 적에게 행적이 훤히 노출된 채로 빠져나가는 수밖에 없다.

이연주가 말했다.

"진예, 너는 가만히 있거라."

"하지만 대사저, 대사저도 지금……."

"지금 넌 싸울 만한 상태가 아니다. 알고 있을 텐데? 성하와 다시 싸우기까지 유예 기간이 길지도 않을 텐데 여기서 무리하다가는 모든 것이 끝장이다."

그 지적대로 진예는 도저히 싸울 수 있는 상태가 아니었다. 혼자 힘으로는 일어서 있을 수조차 없는 몸이라 아무리 의지를 쥐어짜 내도 전투는 불가능하다.

"선풍권룡, 싸울 수 있겠습니까?"

형운의 안색이 괜찮아 보이지만 그는 왼팔이 잘린 지 얼마 되지도 않은 몸이다. 상식적으로는 싸울 수 있을 리가 없었다.

하지만 형운은 고개를 끄덕였다.

"싸울 수 있습니다. 제가 진 소저를 업을 테니 최대한 도망처 봅시다."

약한 소리를 할 때가 아니었다. 그리고 형운이 한 팔을 잃어서 심각해 보일 뿐, 이연주 역시 상태가 안 좋은 것은 마찬가지였다. 성하와의 싸움에서 내공을 거의 다 써버린 데다 내상까지 입은 것이다.

하지만 그녀는 조금도 약한 모습을 보이지 않았다.

"알겠습니다."

세 사람은 도주를 시작했다.

처음에 그들을 추적해 온 무리는 그리 강하지 않았다. 하지만 그런 자들을 돌파하는 데도 제법 시간이 걸렸다는 게 문제였다.

'다른 적들과 싸우는 동안 성하의 여덟 수족들에게 따라잡히면 힘들어진다.'

한서우 일행과 싸운 성하의 여덟 수족이 어찌 되었는지는 알 수 없다. 하지만 백안만 하더라도 지금 싸우기에는 부담스러운 존재였다.

'지금의 내 전력은 1할도 안 돼.'

형운은 냉정하게 자신의 상태를 분석해서 결론을 내렸다.

소모된 내공은 빠른 속도로 회복하고 있었다. 설산에는 음기가 지천에 널려 있기에 천공지체의 능력을 지닌 형운은 이곳에서는 거의 무한의 내공을 지닌 것이나 다름없었다.

하지만 혹사당한 기맥의 피로를 어쩔 수는 없었다. 그리고 무엇보다 한 팔을 잃은 것은 무인으로서 너무나 큰 상실이었다.

몸의 균형이 무너져서 경공을 펼칠 때도 필사적으로 이질감과 싸워야 했고, 더 큰 문제는 진기 운용이었다. 진기 흐름이 안정적이지 못해서 함부로 큰 힘을 발휘할 수 없었고 지속적으로 상당량의 진기 누수(漏水)가 발생했다. 심법을 통한 진기 운용은 사지 멀쩡한 상태를 기본으로 하니 당연한 일이었다.

천부적인 감각을 지닌 서하령이나 천유하라면 이 상태에 금세 적응했을지도 모른다. 하지만 형운은 자신이 적응하는 데는 오랜 연구와 훈련이 필요할 것임을 알고 암담함을 느꼈다.

'얼마 후면 다시 성하와 맞서야 하는데 이런 꼴이라니……'

아무리 영수의 능력을 지닌 형운이라고 하더라도 팔 하나를 재생하는 데는 오랜 시간이 걸린다. 설산의 환경 덕분에 기운이 모자랄 일은 없겠지만 그렇다 하더라도 며칠 정도로는 턱도 없었다.

절망감이 물밀듯이 밀려왔다.

'우리가 이길 수 있을까?'

최적의 상태로 전력을 다했는데도 성하에게 무참하게 패했다. 그런데 과연 이렇게 만신창이가 된 채로 이길 수 있을까?

'약해지면 안 돼. 믿자. 믿는 수밖에 없어.'

형운은 흔들리는 마음을 다잡았다. 지금은 이자령이 자신을 희생하면서까지 전하고자 했던 그 가능성을 믿을 수밖에 없다.

크캬캬캬……!

앞쪽에서 요괴들의 괴성이 들려왔다.

요괴와 마수는 설산 곳곳에 자리해 있다. 그리고 형운 일행을 탐지한 성하의 여덟 수족은 거리에 상관없이 그들에게 명령을 내릴 수 있는 모양이었다.

'최악이군.'

이렇게 되면 도저히 추적을 뿌리칠 수 없다.

"차앗!"

적의 모습이 보이는 순간, 형운이 눈을 부릅떴다.

쾅!

폭음이 울리며 요괴의 머리가 터져 나갔다. 형운이 미리 힘을 비축하고 있다가 격공의 기를 발한 것이다.

그것을 본 이연주가 말했다.

"선풍권룡, 당신의 기파가 불안정하니 무리하지 말고 지원에 힘을 쏟아주십시오."

"…알겠습니다."

형운은 반발 없이 그녀의 지시를 따랐다. 지금의 그는 격공의 기를 발하는 것조차 진기 운행을 안정시키며 힘을 모으는 과정이 필요했고 그 위력도 대단치 못했다. 하지만 지속적으로 빙백검을 만들어내어 이연주에게 공유해 주면 그것만으로도 큰 도움이 될 수 있었다.

"하아!"

형운이 빙백검을 지원해 주자 이연주는 적들이 접근하기도 전에 격파하면서 활로를 열었다.

하지만 그녀도 상태가 안 좋은 것은 마찬가지였다. 쇠약해진 몸에 부상까지 입었기에 온몸을 채찍질해 가며 억지로 움직이고 있었다.

'월성을 받아들인 것은 당장의 상황을 타파하는 데는 아무런 도움이 안 되는군. 젠장.'

형운은 그 사실이 답답했다. 월성은 어디까지나 백야의 신검을 성장시키기 위한 힘을 주었을 뿐이다. 유설이 형운과 융합했을 때처럼 형운이나 진예 자신에게 변화를 일으켜 준 게 아니었다.

셋은 몇 번이나 혈투를 거듭하며 계속해서 나아갔다.

"음……!"

문득 이연주가 휘청거렸다. 쓰러질 뻔한 그녀를 형운이 허공섭물로 붙잡아주자 그녀가 심호흡을 하며 정신을 다스렸다.

"선풍권룡, 혹시 본 문의 영역까지는 얼마나 걸릴 것 같습니까?"

"이 속도로 꾸준히 이동한다면 반 시진(1시간) 정도… 하지만 중간에 전투를 치를 것을 생각하면 그 이상일 겁니다."

"생각보다 멀군. 월성의 영역이 넓긴 넓은가."

"그렇습… 이런!"

형운이 깜짝 놀랐다. 동시에 이연주를 허공섭물로 붙잡고 함께 몸을 날렸다.

꽈광!

잠깐의 시간 차를 두고 그들이 있던 자리에 섬광이 내리꽂

헸다.

이연주의 안색이 파리해졌다. 형운이 아니었다면 꼼짝없이 저격당할 뻔했다.

"으윽, 술법이 뛰어난 놈이 나타난 것 같군. 어서 이 자리를 벗어납시다."

꽈광! 꽝!

적은 귀신같이 일행의 위치를 파악하고 거듭 술법 공격을 날려왔다. 일행은 무리하더라도 가속해서 빠져나가려고 했지만⋯⋯.

"케케케! 멈춰라!"

몸은 빗자루처럼 홀쭉하고 팔다리가 길쭉하고 손발톱이 삐죽삐죽한 기괴한 형상의 설귀(雪鬼)들이 나타났다.

"비켜!"

형운이 발한 격공의 기가 선두에 선 놈을 쳐서 날려 버렸다. 그 뒤로 달려들던 놈은 이연주가 날린 빙백검이 꿰뚫었다.

하지만 설귀들의 수는 많았고 지금의 일행에게는 그들을 일거에 쓸어버릴 화력이 없었다. 그들에게 발목이 잡혀 있는 동안 먼 곳에서 술법으로 저격해 왔던 자가 나타났다.

"오늘은 내 운이 좋은 듯하군."

키득거리며 웃는 것은 회색 털의 원숭이 요괴였다. 인간처럼 의복을 갖춰 입고 인간의 말을 능숙하게 구사하는데, 몸에서 뿜어내는 요기는 놈이 고위 요괴임을 알려주고 있었다.

형운은 그를 보자마자 격공의 기로 공격했다.

퍼엉!

그러나 고위 요괴는 불시의 기습을 염두에 두고 있었는지 결계를 펼쳐두고 있었다.

"이크, 혹시나 해서 대비했는데 이런 재주를 부리다니 과연 위험한 놈이로군."

형운의 표정이 어두워졌다. 몸이 멀쩡했다면 위력으로 찍어 누를 수 있겠지만 지금은 그럴 수가 없다.

원숭이 요괴가 야비하게 웃었다.

"그래도 위험을 감수하기는 싫으니, 여기서는 적당한 공만 탐하도록 할까."

"술법을 펼치게 놔둘 것 같으냐!"

이연주가 빙백검을 날렸다. 하지만 원숭이 요괴는 뛰어난 경공술을 방불케 하는 움직임으로 그것을 피하며 술법을 펼쳤다.

화아아악!

짙은 안개가 퍼져 나갔다. 형운이 다급하게 외쳤다.

"이런! 진법을 펼쳐 우리의 발목을 잡을 생각입니다! 바로 빠져나가야 합니다!"

"하지만……."

이연주의 안색이 창백해졌다. 앞뒤 가리지 않는 설귀들도 아직 남아 있는 데다 원숭이 요괴도 만만치 않아서 빠져나갈 수가 없었다.

형운이 이를 악물었다.

"진 소저를 맡아주십시오."

"어떻게 할 생각입니까?"

—제게 생각이 있습니다. 길이 열리면 바로 달리세요.

형운은 적들이 듣지 못하도록 전음으로 말하고는 심호흡을
했다.

"흐흐, 아무것도 못 할 거다. 나는 잠시 동안 네놈들을 붙잡
아놓기만 하면 그만이지."

퍼져 나가는 안개 속에서 원숭이 요괴의 비웃음이 들려왔
다. 목소리가 여기저기서 울려서 위치를 파악할 수 없게 만들
고 있었다.

순간 형운이 눈을 부릅뜨며 한 지점을 향해 주먹을 내질렀
다.

"캬악!"

폭음이 울리며 원숭이 요괴가 비명을 질렀다. 형운이 운화
로 공간을 뛰어넘어서 그를 후려갈긴 것이다.

"네, 네놈, 어떻게 내 위치를……!"

완벽한 기회를 포착하고 공격했는데도 원숭이 요괴의 방어
술법이 강해서 큰 타격이 들어가지 않았다. 하지만 형운은 개
의치 않고 발차기를 날렸다.

쾅!

원숭이 요괴의 복부가 움푹 파이면서 날아가 버렸다. 형운
은 거기에 만족하지 않고 기공파를 난사했다.

콰콰콰콰쾅!

섬광이 폭발하는 가운데 형운이 휘청거렸다. 한 팔을 잃으면서 달라진 신체 중심 때문에 균형을 유지하기 어려웠던 것이다.

"달려요!"

형운이 이연주를 돌아보며 외쳤다. 진예를 업고 있던 그녀는 즉시 달리기 시작했다.

그리고 다음 순간, 눈앞의 풍경이 변한 것에 경악했다.

'뭐, 뭐지?'

놀란 그녀의 옆으로 형운이 따라붙었다.

"축지입니다. 하지만 이제 한동안은 쓸 수 없고, 100장(약 300미터) 정도를 넘었을 뿐이라 서둘러야 합니다."

진조족의 장신구에 내장된 축지 술법을 쓴 것이다. 본래대로라면 두어 번 정도는 더 쓸 수 있는 기능이지만 지금 형운은 왼팔을 잃으면서 거기에 차고 있던 팔찌 한 짝도 잃었기에 기능에 문제가 발생했다.

"이런 능력을 감추고 있었군. 덕분에 살았습니다."

이연주가 안도의 한숨을 쉬었다.

그때였다.

─형운…… 형운…… 형운…….

─공자님…… 공자님…… 공자님…….

2

정신에 직접 들려오는 의념의 울림에 형운의 얼굴이 밝아졌다.

—누나! 하령아!

가려와 서하령이 진조족의 장신구로 형운을 부르고 있었던 것이다. 계속해서 중얼거리듯 부르는 것을 봐서는 연결이 될 때까지 시도하고 있었던 것 같았다.

—정말 살아계셨군요!

가려가 감격해서 외쳤다. 형운이 말했다.

—네. 그런데 누나, 혹시 지금 결계 밖으로 나와 있는 건가요?

—혼마 선배께서 예지로 공자님께서 살아계시다는 것을 알아내셨습니다. 또한 자신이 알아낸 순간 적들도 알아차리고 추적할 것이라고 하시기에 서둘러 가고 있는 중입니다.

형운은 비로소 상황을 이해할 수 있었다.

'월성의 술법은 그의 영역만을 감춰놓은 것이 아니라 검후님께서 희생하시는 순간부터 우리를 지켜주었던 거구나.'

그렇지 않았다면 천결봉 아래로 떨어져서 의식을 잃고 있는 동안 적들에게 발각되고 말았으리라.

그리고 월성의 술법은 적들의 눈길만이 아니라 한서우의 예지도 막고 있었다. 그렇기에 술법이 깨지는 순간 양쪽이 동시에 움직이기 시작한 것이다.

이렇게 되면 어느 쪽이 빠르냐의 문제다. 진조족의 장신구로 통신 가능한 거리는 10리(약 4킬로미터) 이상이다. 그리고 그것이 직선거리임을 감안하면 이곳처럼 지형이 험한 곳에서는 당도하기까지 훨씬 더 시간이 걸릴 것이다.

—형운! 가 무사와 혼마 선배님이 앞서가고 있어! 그쪽 위치는 혼마 선배님이 정확히 잡고 계실 테니 너희도 최대한 빨리 이동해!

서하령이 상황을 설명했다. 백야문을 나오자마자 차례차례 요괴들과 마수들이 달려드는 바람에 일행 중 일부가 발목을 붙잡힌 채였다.

—알겠어. 이쪽도…….

그렇게 생각하던 형운의 표정이 무섭게 굳었다. 그것을 본 이연주가 불안감을 드러내며 물었다.

"무슨 일입니까?"

"전력으로 달리세요. 그리고 적들이 나타나면 제가 시간을 벌어볼 테니 진 소저를 데리고 도망치십시오."

산봉우리 너머에서 무서운 속도로 접근해 오는 자들이 있었다.

'숫자는… 넷인가!'

그중 하나는 분명 탐지 술법을 펼치고 있는 백안이었다. 그리고 그들은 이연주와 진예가 얼마 가기도 전에 유성처럼 날아왔다.

후아아아아아아!

거센 광풍이 휘몰아치며 세 사람을 날려 버렸다.

형운은 가까스로 자세를 바로잡고 서서 적들을 바라보았다.

"약해져 있다. 무조건 지금 여기서 잡아야 해. 회복하면 만설군만이 상대가 될 수 있을 것이다."

하얀 여우인간, 백안이 얼음으로 빚어낸 것 같은 눈에서 섬뜩한 빛을 발하며 말했다.

그 옆에는 집채만 한 덩치를 자랑하는 백곰 마수 만설군과 설인 요괴 거혼, 그리고 그들을 이곳으로 단숨에 실어 나른 노인 모습의 요괴 백요선이 있었다.

형운은 그 순간 공격을 가했다.

펑!

격공의 기가 백안을 친다. 백안이 미리 방어 술법을 펼쳐두고 있기에 공격이 통하지 않았지만…….

"커억!"

격공의 기가 폭발하면서 잠깐 시야가 흐려진 순간, 운화로 공간을 뛰어넘은 형운이 백요선에게 발차기를 날렸다.

'이놈을 잡으면 이놈들의 기동력이 크게 저하된다!'

전력을 다한 형운의 발차기는 백요선의 방어 술법을 뚫고 본체에까지 충격을 전달했다.

"차아!"

그리고 방어막 위에 발을 댄 상태에서 침투경을 날리자 백요선이 비명조차 지르지 못하고 나가떨어졌다.

"기가 막히는 놈이군!"

형운이 결정타를 가하기 전, 만설군이 코웃음을 치며 한기 파동을 발했다. 백안과 백요선이 옆에 있는데도 개의치 않는 광포한 공격이었다.

'빙백무극지경!'

형운은 대마수인 그의 권능이 빙백무극지경에 도달해 있음을 알아보았다. 광범위한 공격을 가하면서도 아군에게는 피해를 끼치지 않는 반칙적인 묘기를 부릴 수 있는 것이다.

파아아아앙!

"축지는 아닌데, 신기한 재주를 부리는군!"

운화로 피한 형운에게 만설군의 갈기털이 길게 늘어나면서 채찍처럼 날아들었다.

꽝!

폭음이 울리며 형운이 날아갔다.

"크악!"

별거 아닌 것처럼 보이는 공격이었는데 그 위력은 지축을 뒤흔들 정도였다.

커허허헝!

직후 만설군이 포효했다. 그러자 그를 중심으로 거대한 충격파가 퍼져 나가면서 설산을 뒤덮은 눈이 요동쳤다.

콰콰콰콰콰콰!

진예를 업고 달리던 이연주가 기겁했다. 만설군을 중심으로 반경 수백 장의 눈이 미친 듯이 날뛰는 게 아닌가? 당장 그들을 집어삼킬 듯한 움직임 속에서 균형을 잡고 움직이는 것만으로도 버거웠다.

"도망칠 길 따위 없다! 거흔, 내가 가둬놓고 있는 동안 붙잡아라! 그 정도는 할 수 있겠지?"

"얕잡아 보지 마라!"

거혼이 신경질을 냈다. 그는 한서우 일행과의 전투에서 중상을 입어서 제대로 힘을 발휘할 수 없는 상태였다.

하지만 그래도 싸울 만한 상태라 이곳에 온 것이다. 곧 거대한 음기 덩어리로 변한 그가 날아가서 이연주의 앞을 가로막았다.

─인간, 너라도 먹어서 영양분을 보충해야겠다!

이연주가 이를 악물었다. 하지만 그녀가 빙백검을 움직이는 것보다도 빠르게 형운이 그 앞에 나타났다.

입가가 피로 물든 형운이 몸을 내던지는 듯한 기세로 일권을 날렸다.

그리고 시퍼런 뇌광이 폭발했다.

꽈과과과광!

형운이 주먹을 내지른 궤도에서 뇌전이 쏟아져 나와서 음기 덩어리가 된 거혼을 갈가리 찢었다.

─크아아아아악!

전혀 예상치 못한 공격에 거혼이 비명을 질렀다.

형운이 감춰두고 있던 비장의 수였다. 예전에 진조족으로부터 영수화의 약을 받은 형운은 총단으로 돌아가자마자 그 효과를 시험해 보았다. 그리고 영수화를 한번 경험하고 나자 뇌정벽력의 힘이 형운 자신의 능력이 되었음을 알게 되었다.

성하와의 전투에서 이 힘을 쓰지 않은 것은 먹히지 않을 것이 뻔했기 때문이다. 형운이 발휘하는 뇌정벽력의 위력은 빙백기심으로부터 비롯되는 빙백무극지경의 권능과는 비할 바가 못 된다.

하지만 약해진 거흔의 의표를 찌르기에는 충분했다.

"죽어……!"

―이, 이놈! 나를… 내 몸을……!

거흔은 음기 덩어리로 화했지만 부상으로 통제력이 온전하지 못한 상황이었다. 그런 상황에서 예기치 못한 뇌격을 맞아 몸을 이루는 기운이 흩어진 상황에서…….

천공기심이 무시무시한 기세로 주변의 음기를 빨아들였다.

―크아, 아아아아악!

기화한 채 갈가리 찢긴 거흔이 형운의 천공기심에 먹혀갔다. 거흔은 필사적으로 저항했지만 그의 의지가 흩어지기까지는 많은 시간이 걸리지 않을 것이다.

"거흔!"

백안이 급히 달려들며 뭉쳐진 한기파동의 구체를 날렸다.

그러나 그 앞을 이연주가 가로막았다.

"백야문주의 대제자! 비실거리는 주제에 나를 막겠단 말이냐!"

"백 번이라도 막아주고말고!"

이연주가 진예를 내려놓고 검을 휘둘렀다. 한기파동의 구체를 절묘하게 흘려 버리고는 검기를 발출하여 백안을 베었다.

하지만 백안은 그 모든 움직임을 사전에 파악하고 물 흐르는 듯한 움직임으로 피해 버린다.

"나를 잡으려면 열 배는 더 빨리 움직여라!"

백안의 눈은 이연주의 기파를 낱낱이 읽고 있었다. 이연주가 멀쩡한 상태라면 기파를 빠르게 변화시켜 나가면서 그에게 혼란을 주고, 그의 반응 속도를 초월하는 공격을 날릴 수 있었으리라. 하지만 지금의 그녀에게는 그럴 힘이 없었다.

결국 백안이 그녀의 검세를 피해 접근해서 발차기를 먹였다.

"커억······!"

"흥!"

이연주는 곧바로 빙백검들을 날려서 그를 저지하려고 했지만 이 또한 백안을 너무 얕본 처사였다. 백안은 곡에 같은 움직임으로 그 모든 공격을 피하고 양손으로 뭉친 한기파동을 날렸다.

파아아아아!

이연주가 비명도 지르지 못하고 날아갔다. 몸의 절반이 얼어붙은 채였다.

"끝장을 내주지! 이걸로 백야문의 파멸이 한발 가까워질 것이다!"

백안이 이를 드러내며 달려드는 순간이었다.

푹!

눈 속에 감춰져 있던 빙백검 한 자루가 솟아나며 그의 어깨에 꽂혔다.

"크윽! 경탄스러운 투지군! 하지만 끝이다!"

백안은 솔직히 감탄했다. 의식이 반쯤 날아갔을 텐데도 이토록 치밀한 암수를 실행하다니!

백안이 눈을 부릅뜨는 순간, 미친 듯이 요동치던 눈이 가라앉았다. 그리고 만설군이 재차 포효했다.

커허허허헝!

거센 파도처럼 한기파동이 날아들어서 그 자리를 집어삼켰다. 이연주와 그녀 뒤에 있는 진예까지 한꺼번에 끝장낼 공격이었다.

—유설무극검!

그러나 그 순간 한 줄기 섬광이 그 자리를 가르고 지나갔다. 인식을 초월한 공격이 백안을 베고, 한참 떨어져 있는 만설군까지 한꺼번에 베어버린다.

콰콰콰콰콰!

그리고 그 궤적으로부터 거센 냉기가 터져 나오며 백안을 얼음상으로 만들어 버리고 만설군의 한기파동을 와해시켰다.

—뇌령수화(雷靈獸化)!

뒤이어 그 자리에서 광포한 뇌격이 치솟으며 뇌성(雷聲)이 주변을 뒤흔들었다.

만설군이 경악했다.

"인간의 몸으로 빙백무극지경의 힘을 다루던 놈이 뇌전을 다루는 영수로 변해? 대체 정체가 뭐냐?"

이연주가 벌어진 시간 동안 거혼을 끝장낸 형운은 진조족으로부터 받은 영수화 비약을 복용했다.

단순히 뇌정벽력의 힘을 사용하는 것뿐이라면 형운은 더 이상 비약을 필요로 하지 않는다. 그러나 이 비약의 효능은 고작 일시적으로 영수의 능력을 부여하는 수준이 아니다. 신의 권속인 진조족의 힘으로 현세의 이치를 초월하는 변화를 끌어내는 것이다.

즉 지금의 형운은 인간의 형상을 한 영수로 변해 있었다.

'아끼지 않고 실험해 보길 잘했어.'

형운이 조금 전까지 안고 있던 문제는 모두 인간이기에 어쩔 수 없는 한계였다.

영수화하자 더 이상 그런 문제에 시달리지 않았다. 이제 형운은 육신이라는 그릇에 담은 힘을 심상과 의지만으로 통제할 수 있었다.

파지지지지직!

수십 줄기의 뇌격이 뻗어 나가 주변을 강타했다.

만설군이 이를 드러냈다.

"놀랍기는 하지만 고작 이 정도로 나와 맞서보겠다는 거냐?"

빙백무극지경의 권능으로 펼친 방어막이 그 자신은 물론이고 얼음상으로 변해 버린 백안과 부상 입은 백요선까지 지켜냈다. 그리고 하얀 불꽃 같은 갈기털이 수십 장 길이로 늘어나서 채찍처럼 형운을 강타했다.

꽈아아앙!

뇌격을 휘감은 형운이 튕겨 나갔다.

"큭……!"

"그래봤자 임시변통! 격의 차이를 가르쳐 주마!"

날카로운 얼음파편들이 날아들며 뇌격을 막아내거나 분산시켰다. 만설군은 차분하게 접근하면서 한기파동으로 형운의 방어막을 연달아 강타했다.

'영수로서의 경험치가 다르다 이건가.'

형운이 이를 악물었다.

만설군의 말대로 뇌령수화는 임시변통이다. 인간이기에 발생한 단점 대신 영수의 장점을 얻었지만, 대신 인간이기에 가질 수 있는 장점도 잃었다.

지금의 형운은 인간이었을 때보다 세 배는 많은 기운을 체내에 담아두고 있으며 기맥의 틀에 제한받지 않고 자유자재로 힘을 쓸 수 있다. 그러나 인간일 때와 달리 기심이 존재하지 않기 때문에 적은 기운을 몇 배로 증폭시켜 가면서 싸우는 것이 불가능하다. 또한 빙백기심과 천공기심이 없기에 그 둘로부터 비롯되는 능력도 없어졌다.

왼팔을 잃고 빌빌거리던 상태보다는 낫지만 두 팔이 멀쩡했을 때보다는 훨씬 열화된 상태였다.

콰콰콰콰콰……!

사방팔방에서 한기파동이 폭발했다. 눈이 끓는 물처럼 요동치고 그 사이사이로 삐죽삐죽한 얼음조각이 치솟았다.

하지만 형운은 이미 그곳에 없었다.

꽝!

공간을 뛰어넘어 만설군의 지척에 나타난 형운이 뇌격을 휘감은 주먹을 날렸다. 뇌령수화 상태에서도 운화는 쓸 수 있었던 것이다.

"크억……!"

만설군의 거구가 허공으로 붕 떴다.

크허허허헝!

하지만 형운이 추가타를 날리기 전에 그가 전신으로 한기를
폭발시켰다. 형운의 몸이 장난감처럼 튕겨나서 눈 속에 처박
혔다.

그리고 뇌격과 한기파동이 격돌했다.

콰아아아아……!

형운이 광풍노격의 요령으로 쏘아낸 뇌격과 만설군이 일점
집중해서 쏘아낸 한기파동이 부딪친 것이다.

격돌은 일순간이었다. 수증기가 맹렬하게 끓어오르는 가운
데, 형운은 몸 곳곳이 얼어붙은 채로 비틀거렸다.

"제, 젠장……."

힘의 격차도 크지만 그 힘을 다루는 감각적인 경험의 차는
그 이상으로 컸다. 그나마 형운이 이만큼 선전한 것은 이전에
시험 삼아 비약을 먹고 뇌령수화 상태로 훈련을 해봐서였다.

만설군이 숨을 헐떡이며 그를 노려보았다.

"산 채로 꽁꽁 얼려서 그분께 진상하려고 했지만… 안 되겠
군. 너는 너무 위험해. 숨통을 끊어놔야겠다."

만설군도 온전한 상태는 아니었다. 한서우와 싸우면서 많이
다치고 지쳤다. 그러지 않았다면 형운 일행은 벌써 그에게 제
압당했으리라.

형운이 이를 악물었다.

'조금만… 조금만 더 버티면 되는데.'

한서우 일행은 분명 멀지 않은 곳까지 왔을 것이다. 그들이 올 때까지만 버티면 되는데… 그런데 결국 여기서 죽는단 말인가?

―누나, 미안해요.

형운은 진조족의 장신구로 쓸쓸한 목소리를 보냈다.

―공자님?

놀란 가려의 목소리가 들려왔다. 하지만 형운은 더 이상 응답하지 않았다.

형운은 뇌령수화를 풀었다. 그러자 온몸의 기운이 죽 빠져나가면서 가벼운 현기증이 덮쳐왔다. 형운은 버티지 못하고 그 자리에 쓰러졌다.

'어, 어째서? 설마 기운을 너무 많이 썼나……?'

형운은 자신이 너무 상황을 낙관했음을 깨닫고 절망했다.

뇌령수화 상태로 기운을 워낙 많이 쓴 데다 부상까지 입는 바람에 기맥이 텅 비어버렸다. 원기화를 하려고 해도 연료를 공급하기까지의 시간 차가 필요하고, 그리고…….

"죽어라!"

만설군이 기다려 줄 리가 없었다. 그는 형운이 비틀거리며 쓰러진 시점에서 이미 힘을 응축해서 쏘아내고 있었다.

'이렇게 어처구니없이…….'

형운이 자책하며 고개를 든 순간이었다.

기묘한 감각이 찾아왔다.

감극도 수행자인 형운에게는 어느 정도 익숙한 감각이었다. 의식의 흐름이 가속하면서 세상이 느리게 보이는, 내면의 시간과 세상의 시간이 어긋나는 감각.

'뭐야?'

그러나 지금의 감각은 형운이 평소 의도하는 것보다 아득할 정도로 빨랐다. 만설군이 쏘아낸 한기파동이 날아드는 것조차 느릿느릿하게 보일 정도였다.

─살아라. 아무리 비참하게라도… 살아남아서 다시 한 번 그분 앞에 서다오.

그리고 월성의 목소리가 들려오며 형운의 내면에서 뭔가가 빠져나가는 느낌이 들었다. 기화하여 형운의 몸에 담긴 월성의 영육 일부였다.

─감사합니다, 월성.

대꾸한 것은 형운이 아니었다.

현실의 형운은 눈꺼풀조차 움직이지 못했지만 의식은 그 순간 목소리의 주인을 돌아보았다. 그것은 진예도 마찬가지였다.

─대사저!

의식의 외침은 이연주에게 닿았다.

형운과 마찬가지로 이연주도 꼼짝도 못 하고 죽음을 기다리는 처지였다. 현실의 그녀가 뭔가 손쓸 시간적 여유는 존재하지 않았다.

하지만 가속된 의식 세계 속에서 그녀는 단 한 가지의 방법을 갖고 있었다.

─진예야, 부디 사부님의 유지를 이어다오.

─대사저! 저는, 저는……!

─솔직히 질투가 나는구나. 사부님이 내가 아니라 너를 선택하신 것은.

이연주는 기억도 나지 않는 어린 시절에 아직 젊었던 이자령의 손에 이끌려 백야문도가 되었다. 그리고 40년이 넘는 세월 동안 이자령의 후계자가 되기 위한 책임감을 짊어지고 살아왔다.

─하지만 나도 안다. 그분이 올바른 선택을 하셨다는 것을. 그러니 부디 진예 너는 살아서 우리의 믿음이 옳았다는 것을 증명해 주렴.

한없이 느려진 세계 속에서 이연주의 몸이 빛으로 화하는 과정만이 그 과정을 감지할 수 없을 정도로 빨랐다.

'아.'

형운과 진예의 의식이 그 너머로 향했다. 동전의 앞뒤처럼 한 몸이지만 영원히 만날 수 없는 두 세계의 경계 너머로.

눈 덮인 봉우리를 타고 느릿느릿한 눈바람이 불어온다. 사방을 둘러보면 어디에도 눈과 얼음이 없는 곳이 없으며, 봉우리 저편에서 떠오르는 햇빛조차도 그 속에 녹아들어 얼어붙는 것만 같다.

그 풍경에는 선악이 없다. 감정도 없다. 그러나 인간은 그 속에서 살아가는 것만으로도 필사적이어야만 했다.

담담하면서도 설산의 모든 것을 함축하고 있는 그 심상에
진예는 눈물이 흐를 것만 같았다. 그것은 이연주의 삶이었으
며, 또한 가혹한 설산에서 살아가며 무언가를 남겨온 모든 인
간들의 삶이었다.

 ―빙백무극검(氷白無極劍)!

 이연주 생애 최후의 신검합일이었다. 월성의 힘을 받은 그
녀가 의지를 결정하는 순간, 합일된 검과 육신이 빛으로 화해
허공을 갈라놓았다.

 기화는 있어도 육화는 없다. 자신의 모든 것을 불태우고, 모
든 미련을 놔버린 그 일검은 거대한 백색의 괴물이 되어 만설
군의 한기파동을 집어삼켰다. 그리고 그대로 만설군까지 휩쓸
었다.

 "대사저……!"

 진예의 절규마저도 그 속에 묻혀 버렸다.

『성운을 먹는 자』 24권에 계속…

초대형 24시 만화방

신간 100%, 샤워실, 흡연실, 수면실(침대석), 커플석, 세탁기 완비

■ 시흥 정왕25시점 ■

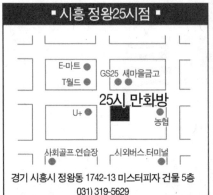

경기 시흥시 정왕동 1742-13 미스터피자 건물 5층
031) 319-5629

■ 강북 노원역점 ■

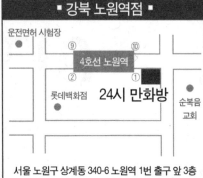

서울 노원구 상계동 340-6 노원역 1번 출구 앞 3층
02) 951-8324 (화용빌딩 3층)

■ 일산 정발산역점 ■

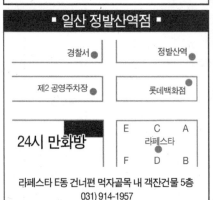

라페스타 E동 건너편 먹자골목 내 객잔건물 5층
031) 914-1957

■ 일산 화정역점 ■

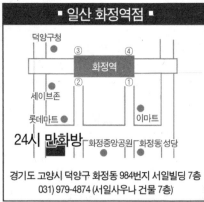

경기도 고양시 덕양구 화정동 984번지 서일빌딩 7층
031) 979-4874 (서일사우나 건물 7층)

■ 부천 역곡역점 ■

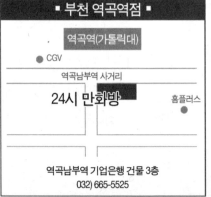

역곡남부역 기업은행 건물 3층
032) 665-5525

■ 부평역점 ■

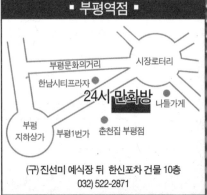

(구)진선미 예식장 뒤 한신포차 건물 10층
032) 522-2871

2016년의 대미를 장식할 최고의 스포츠 소설!!

Career record : 984W 26L
Career titles : 95
Highest ranking : No.1(387weeks)
Grand Slam Singles results : 23W
Paralympic medal record : Singles Gold(2012, 2016)

약 십 년여를 세계 최고로 군림한 천재 테니스 선수.
경기 내내 그의 몸을 지탱하고 있는 것은…… 휠체어였다.

『그랜드슬램』

휠체어 테니스계의 신, 이영석(32).
그는 정상의 자리에서도 끝없는 갈망에 사로잡혀 있었다.

"걷고 싶다, 뛰고 싶다. …날고 싶다!!"

뛸 수 없던 천재 테니스 선수
그에게, 날개가 달렸다!!!

Book Publishing CHUNGEORAM

유행이 아닌 자유추구~
WWW.chungeoram.com

GAME BALL

게임볼 설경구 장편 소설
FUSION FANTASTIC STORY

무명의 야구인이었던 남자,
우진이 펼치는 야구 감독으로서의 화려한 일대기!

『게임볼』

"이 멤버로 우승을 시키라고?"

가상 야구 게임,
게임볼을 통해 인생 역전을 꿈꾸는

한 남자의 뜨거운 행보에 주목하라!

Book Publishing CHUNGEORAM

유행이 아닌 자유추구 -
WWW.chungeoram.com

투신 강태산

박선우 장편소설

FUSION FANTASTIC STORY

무림을 휩쓸던 '야차(夜叉)'가 돌아왔다.

『투신 강태산』

여행사 다니는 따뜻한 하숙생 오빠이자
국가위기 특수대응팀 '청룡'의 수장.
그리고 종합격투기계를 휩쓸어 버린 절대강자.
전 세계를 무대로 펼쳐지는 투신 강태산의 현대 종횡기!!

"나는, 나와 대한민국의 적을, 철저하게 부숴 버릴 것이다."

서러웠던 대한민국은 잊어라!
국민을 사랑하는 대통령과 절대강자 투신이 만들어 나가는
새로운 대한민국이 펼쳐진다!!

FUSION
FANTASTIC
STORY
서산화 장편소설
Miracle Direction
기적의 연출
천재 영화감독, 스크린 속 세상을 창조하다!
『기적의 연출』
대문호 신명일과 미모로 손꼽히던 여배우 김희수의 아들 신지호.
일가족은 불운한 사고로 인해 크나큰 비극을 겪는다.
이 사고로 섬광 기억(Flashbulb memory)이라는 능력을 얻게 된 그 순간!
그의 모든 게 달라졌다.
"배우의 혼을 이끌어내고, 관중의 영혼을 붙잡아야 합니다.
그게 제 목표입니다."
완전한 감독을 꿈꾸는 신지호.
이제 그의 영화가, 세상을 홀린다!
Book Publishing CHUNGEORAM
유행이 아닌 자유추구 -
WWW.chungeoram.com